Luigi Pirandello

Come tu mi vuoi

Texte et illustration de couverture : © domaine public
Edition : Culturea (Hérault, 34)
Contact : infos@culturea.fr
Retrouvez notre catalogue sur http://culturea.fr
Imprimé en Allemagne par Books on Demand
Design typographique : Derek Murphy
Layout : Reedsy (https://reedsy.com/)

Dépôt légal : janvier 2023
Tous droits réservés pour tous pays

ISBN : 9791041842711

PERSONAGGI

L'Ignota:

Carl Salter, *scrittore*

Greta, *sua figlia, detta Mop*

Bruno Pieri

Boffi

La zia Lena Cucchi

Lo zio Salesio Nobili

Ines Màsperi, *moglie di*

Silvio Màsperi, *avvocato*

Barbara, *sorella di Bruno*

La demente

Un dottore

Un'infermiera

Quattro giovani in marsina

Un portiere

Il primo atto, a Berlino, in casa dello scrittore Carl Salter; gli altri due in una villa presso Udine; dieci anni dopo la grande guerra europea.

ATTO PRIMO

Salotto in casa dello scrittore Salter, addobbato con sfarzo bizzarro. Uscio in mezzo, che dà su un largo corridojo. S'intravede dirimpetto la porta d'ingresso. Nella parete destra (nelle indicazioni, destra e sinistra sono sempre dell'attore) è un grande arco, da cui si scorge un pezzo della parete di fondodello scrittojo.

È notte, e così il salotto come lo scrittojo sono illuminati da certe luci velate da schermi di diverso colore che, dando un fantastico rilievo alla bizzarria dell'addobbo, gl'infondono un senso di misterioso riserbo.

Al levarsi della tela si vedrà Mop su un'ampia poltrona, in un curioso pigiama di seta, nero e fiorito d'orchidee, tutta aggruppata e rovesciata su uno dei braccioli, il volto nascosto. Pare che dorma. Piange. Ha i capelli tagliati maschilmente e la faccia (allorché la mostrerà) segnata d'un che d'ambiguo che fa ribrezzo e, insieme, di un che di tragico che turba profondamente. Sopravviene, poco dopo, dall'arco di destra, Carl Salter, eccitato e sconvolto.

Ha cinquant'anni. Faccia gonfia, pallida, con occhi chiari, quasi bianchi, trale borse annerite. Un po' calvo alla sommità, ha poi il cranio preso da una violenza ferrigna di capelli ricci, corti. Tutto raso, avventa il tumido delle labbra sensualissime. È in una ricca veste da camera. Le mani in tasca.

Salter: È qua coi soliti. L'ho vista dalla finestra.

Pronunziando l'ultima frase, trae inavvertitamente una mano dalla tasca. In quella mano convulsa stringe una piccola rivoltella.

Mop (*notandolo subito*): Che hai lì?

Salter (*che avrà subito rimessa in tasca la mano armata; seccato*): Niente. - Bada: se li porta su, ti proibisco di restare con loro.

Mop: E che vorresti fare?

Salter: Non lo so. Deve finire.

Mop: Ma come, finire? Sei pazzo?

Salter: Non mi farò vedere nemmeno io. Va' a sentire alla porta, se vien su sola.

Mop si muove per uscire sul corridojo.

Aspetta.

La trattiene, stando in orecchi.

La sento gridare.

Si odono difatti da basso, lontane e confuse, parecchie voci, come rintronanti nel vano della scala.

Mop: Forse li licenzia.

Salter: Sono tutti ubriachi. E uno li seguiva.

Mop: Dammi codesta rivoltella!

Salter (*scrollandosi, urtato*): Ma no! Non penso mica di servirmene. L'ho... così, in tasca.

Mop: Dammela!

Salter: Non mi seccare!

Le voci si fanno più vicine e più forti.

Senti?

Mop: Si direbbe una lite.

Corrono alla porta d'ingresso sul corridojo: l'aprono: il corridojo, per quel che se ne vede dall'uscio del salotto, è invaso violentemente da una frotta di quattro giovani imbecilli, in marsina, mezzo ubriachi tra cui l'Ignota, e Boffi che la difende. Mop e Salter si mescolano con loro, quella per trarne fuori l'Ignota, questi per respingere gl'intrusi. Nella penombra e nella confusione quei quattro giovanotti, di cui qualcuno pingue e roseo, qualcuno calvo, qualcuno coi capelli ossigenati, più donna che uomo, sembreranno marionette sbattute, dai gesti sguajatamente sbracciati e vani. Voceranno tutti simultaneamente. l'Ignota è sui trent'anni, bellissima. Un po' ebbra anche lei, non riesce ad atteggiare il volto come vorrebbe di quel fosco cipiglio che dimostra in lei la volontà di riprendersi col disprezzo di tutto e di tutti dal disperato abbandono, in cui, a lasciarsi andare, si rilasserebbe la sua anima devastata dalle tempeste della vita. Sotto una mantiglia elegantissima indossa uno dei costumi splendidi e strani delle danze caratteristiche di sua invenzione. Il Boffi è come fuor di posto. Bel tipo anche lui però, avventato e cocciuto, convinto che la vita non sia altro che trucco, procura sorridendo di non smarrirsi. S'è combinata una faccia mefistofelica, ma così per ridere. Maschere, tanto per darsi un'apparenza e far colpo; ma poi, tenersi al sodo, che è fatto di cose semplici e naturali. A furia di tirar su la testa quasi per non affogare, ha preso un tiro alle corde del collo, che gli fa di tanto in tanto protendere il mento e contrarre in giù gli angoli della bocca. Se ne rià ogni volta dicendo quasi tra sé: «Non scherziamo!».

L'Ignota: No, basta, basta! Non voglio più! Andatevene! Così non è più scherzo!

Primo giovane: ... l'ultima danza tra i bicchieri...

Secondo: ... della staffa! della staffa!... «Spuma di Champagne» ...

Terzo: ... e noi, tutti a coro...

Quarto (*intonando con la lingua imbrogliata*): ... Clooo-dovèe-o ... Cloo-dovèeo...

Primo giovane: ... tristi tutti, fino a morirne...

L'Ignota: Lasciatemi! Lasciatemi!

Boffi: Via! Via! Ora basta! - Sì, bravo! - Ma basta! Ve lo dice lei stessa!

Salter: Fuori, fuori di casa mia!

Primo giovane: Ma questa non è la maniera! Dobbiamo bere!

Secondo: Ci ha invitato lei, non fare lo stupido!

Terzo: Dobbiamo finire nudi!

Quarto: ... Clooo-dovèe-o... -

Poi, a un pugno in petto:

Brutalità!

Mop: Vergogna! Questa è un'aggressione!

Poi, a l'Ignota abbracciandola per ripararla e tirarla dentro il salotto:

Vieni! Vieni!

L'Ignota: (*liberandosi dall'abbraccio ed entrando nel salotto*): Ma no, per carità, non ci manca altro che il tuo abbraccio, adesso!

Salter: (*nel corridojo, impedendo col Boffi l'irruzione*): Signori, vi caccio a revolverate!

Boffi: (*spingendoli fuori dalla porta*) Via! Via! Finiamola, insomma! Via! Via!

Primo giovane: (*prima che la porta gli si chiuda in faccia*): Elma, carezzina!

Secondo giovane: Il cagnolino!

Mop: Fanno veramente nausea!

I quattro giovani, via. La porta è richiusa. Ma si sentono gridare ancora nella scala. Il terzo s'ostina a intonare: Clooo-dovèe-o.

Salter: Che volevano?

L'Ignota: Al solito... Porci... M'hanno fatto tanto bere...

Salter: È uno scandalo! Torneranno a ribellarsi tutti gl'inquilini!

L'Ignota: Cacciami via, te l'ho detto!

Mop: Ma no, Elma!

L'Ignota: Dice ch'è uno scandalo...

Salter: Basterebbe che non andassi più con loro!

L'Ignota: E invece, me ne vado proprio con loro, guarda! Preferisco.

Si lancia.

Vado a raggiungerli!

Boffi (*parandola*): Signora Lucia!

L'Ignota: (*restando*): Ma chi è lei infine, si può sapere?

Salter: Già: com'è rimasto qua, lei?

Boffi: Ho difeso la signora.

Salter: Seguiva la comitiva: ho visto.

L'Ignota: Da tante sere, come una guardia: l'ho sempre appresso.

Mop: E non sai chi è?

Boffi: Ma sì che lo sa bene la signora, chi sono

tic

nooon scherziamo!

E, come per persuaderla ad arrendersi, la richiama:

Signora Lucia...

Mop: (*stonata*) Lucia?

L'Ignota: Già - così - in tutti i toni - «Signora Lucia» - «Signora Lucia» - seguendomi, passandomi accanto -

Boffi: - e s'è sempre voltata! -

L'Ignota: - sfido... -

Boffi: - perché è la signora Lucia -

Mop: - ma no -

Boffi: - ma sì! sobbalzando ogni volta e impallidendo -

L'Ignota: - naturalmente, a sentirsi chiamare... -

Boffi (*correggendo e perciò pigiando su la parola*): - richiamare -

L'Ignota: (*a Mop*): - di notte - puoi figurarti - con quella faccia da diavolo... -

Boffi: - trucco, signora! nessuno è veramente diavolo -

L'Ignota: - lei lo fa di professione? -

Boffi: - ecco; di professione - come lei fa... non so che parte qua, davanti a questi signori - mentre è la signora Lucia.

Mop: Oh, questo è un bel caso veramente!

L'Ignota: Non ne ha il minimo dubbio, capisci?

Boffi: Mi farei tagliare tutt'e due le mani.

Salter: Ne ha altre due a casa di ricambio?

Boffi: Nossignore: queste sole: e le scommetto.

L'Ignota: Ch'io sono la signora Lucia?

Boffi: Pieri.

L'Ignota: Com'ha detto?

Boffi: Ma non finga di non saperlo!

L'Ignota: No, non ho sentito!

Boffi: (*rivolgendosi a Salter come per denunziare e, nello stesso tempo, sfidare*): Ho detto Pieri. E il marito della signora è qua!

L'Ignota: (*cascando a sedere, profondamente turbata*): Mio marito?

Boffi: Sissignora. Bruno è qua.

L'Ignota: Ma che dice? Qua, dove?

Salter: Farnetica!

Boffi: Chiamato da me.

L'Ignota: Lei è pazzo!

Boffi: È arrivato questa sera.

Salter: Il marito della signora è morto da quattro anni!

L'Ignota: (*a Salter con scatto spontaneo e involontario*): Ma no, questo non è vero!

Salter (*restando*): Non è vero?

Boffi: È qua! All'albergo Eden. A due passi.

L'Ignota: (*a Boffi, eccitatissima*): Finisca questo scherzo di parlare di mio marito! Io non ho marito! Chi ha fatto venire?

Boffi: Ma vede come lei si turba?

Salter (*all'Ignota*): È dunque vivo ancora?

Boffi (*rispondendo per lei*): Le dico, qua a due passi! Se la signora vuole...

Si guarda attorno.

Ci sarà il telefono...

l'Ignota, tutt'a un tratto, scoppia a ridere come una pazza.

Salter (*vedendola ridere*): Che storia è questa insomma?

L'Ignota: Ma che ho un marito a due passi, non senti? Posso chiamarlo col telefono, quando voglio!

Salter (*a Boffi per troncare*): Senta, signore, non è il momento né per me, né per lei

indica l'Ignota

di seguitare codesta buffonata!

L'Ignota: (*a Salter, con aria di voler scherzare; ma, insieme, di sfida*): No no: aspetta: e se io fossi davvero?

Salter: Chi?

L'Ignota: Ma questa signora Lucia, che il signore riconosce in me così sicuramente: che avresti da dire?

Salter: Ho detto buffonata.

L'Ignota: E la tua, - che cos'è?

Salter: La mia?

L'Ignota: Sì. Mi conosci tu forse più di lui?

Salter: Io? Più che non ti conosca tu stessa, io ti conosco!

L'Ignota: (*s'inchina*): Fai questo bello sforzo! Non voglio più conoscermi da tanto tempo, io!

Salter: Molto comodo, per non render conto di quello che fai!

L'Ignota: Al contrario, caro: indispensabile, per poter sopportare quello che gli altri mi fanno.

Boffi (*spontaneamente*): Magnifico!

Salter (*voltandosi a lui come un cane idrofobo*): Che cosa dice lei, magnifico?

Boffi: Il modo come ha ribattuto.

E aggiunge con tono di commiserazione:

E quello che la vita le ha fatto!

L'Ignota: Ma si figuri, se mi volessi un po' conoscere, essere «una» un po' anche per me

voltandosi a Salter:

ecco, questa «signora Lucia» del signore, per esempio

prende il Boffi sotto il braccio:

dica lei, se ora potrei sopportare di vivere qua con lui!

Lasciando il Boffi e voltandosi subito a Mop, estrosa:

Mop, di' tu come mi chiamo!

Mop: Elma!

L'Ignota: Elma, ha inteso? nome arabo: sa che significa? acqua... acqua...

Così dicendo, agita le dita, allargando le mani, per significare la voluta inconsistenza della sua vita d'oggi. Poi, cangiando tono:

Ma mi fanno bere tanto vino! Dio, cinque coctails, Cliampagne...

A Mop

Se mi dessi qualche cosa da mangiare!

Mop: Sì, subito! Che vorresti?

L'Ignota: Ma... non so... Sono bruciata!

Mop: Corro a vedere di là...

L'Ignota: Non ti confondere, cara -

Mop: - qualche sandwich? -

L'Ignota: - anche un cantuccio di pane, per mettere dentro qualche cosa e fermar la testa che mi gira.

Mop: Sì sì; vado!

Corre via per la destra.)

Salter (*a Boffi*): Mi farà il piacere di voler capire che ha sbagliato e d'andarsene?

L'Ignota: Ma no, lascialo stare! Un mio conoscente...

Boffi: La signora sa che non ho sbagliato.

L'Ignota: Purché però non mi chiami mio marito col telefono: questo no.

Boffi (*risoluto*): Signora, suo marito...

Salter (*subito troncando, violentissimo*): La finisca con questo marito!

E, rivolgendosi a l'Ignota

Tu m'hai detto ch'è morto da quattr'anni.

Boffi (*più forte, reciso*): La signora ha mentito.

L'Ignota: (*alzandosi e andando a stringere la mano a Boffi*): Grazie, signore, per questa affermazione.

Boffi: Ah, Dio sia ringraziato!

Salter: Hai mentito?

L'Ignota: Sì!

Poi, a Boffi:

Ma aspetti lei a ringraziar Dio. Io ho ringraziato lei per la soddisfazione che m'ha data affermando così forte il mio diritto a mentire, data la vita che faccio. (*A Salter:*) Vuoi ti dia conto delle mie menzogne? E dallo tu a me delle tue!

Salter: Io non ho mai mentito!

L'Ignota: Tu? Ma se non facciamo altro, tutti!

Salter: A te: mai!

L'Ignota: Perché certe volte hai l'impudenza di dirmi ... ?

Salter (*troncando, violentissimo*): - basta! -

L'Ignota: - mentisci a te stesso, anche con le tue schifose sincerità, perché poi non è neanche vero che sei così spaventoso. Consolati con questo: che nessuno veramente mentisce del tutto. Tentativi di darla a bere, agli altri e a noi stessi! Quattr'anni fa, caro, può essermi morto «qualcuno», se non mio marito; e qualcosa di vero, dunque, esserci - quasi come in tutte le storie che si raccontano.

A Boffi:

 Ma ciò non vuol dire che mio marito sia vivo e qua - almeno per me.

Giocando a far la misteriosa, come se improvvisasse una poesia:

È il marito, al più al più - d'una che non c'è più! - Sarà un povero vedovo. Vale a dire uno - come marito - morto. Ce ne racconti un po' la storia: può essere interessante, se è venuto fin qua. Così si verrà anche a sapere qualche verità vera sul conto di questa signora Lucia, che sarei io.

A Salter:

Ascolta ascolta...

Boffi (*deciso, facendosi avanti*): Mi lasci parlare un momento con lei, signora, da solo a sola!

L'Ignota: Ah no: da solo a sola no, per carità! Qua davanti a lui: mi piace che sappia -

Si sdraja.

Tanto, sa, non c'è più segreti, oggi, né pudori.

Salter: Come le bestie!

L'Ignota: - già! - solo che le bestie, ah Dio, almeno sono natura -

Salter (*c.s. abbozzando sempre più, con scherno*): - saggezza d'istinto -

L'Ignota: - mentre nell'umanità

torna a sdrajarsi

spavento, caro signore! - natura è follia: triste fino a morime, diceva Fritz - e anche molto schifosa. Guai se non ci fosse la ragione a far da camicia di forza...

A Mop che sopravviene con un sandwich:

Ah, brava, hai trovato?

Si tira su.

Mi scusi.

Addenta il sandwich:

Ho una fame!

Mop: Ma guarda, la manica...

L'Ignota: Strappata? Saranno stati quei cani...

Mop: No: pare solo scucita.

L'Ignota: Ma sai che stasera non m'è riuscito far cadere la bottiglia? Forse, non so, mi mettevo troppo lontana...

> *Così dicendo, si leva svelta svelta le scarpette e, a piedi scalzi, correndo con la leggerezza d'una ballerina sulla punta dei piedi, s'appressa al Boffi e gli tira di sotto al braccio il gibus.*

Scusi, permette?

Lo fa scattare: lo posa a terra, davanti a sé, in mezzo alla scena, poi con grazia solleva fin quasi al ginocchio la veste e, reggendosi sulla punta d'un piede, alza l'altro con moto di danza, come per rovesciare una bottiglia di Champagne che le stia davanti al posto di quel gibus. Canticchia sottovoce, per accompagnarsi.

Tairìrarararì... tairìrararì-..

Due volte, sollevando il piede, non sfiora con la punta il gibus lì davanti.

Ecco, vedi? mi mettevo troppo lontana...

Riprende il gibus, lo richiude premendolo dal fondo sul petto e lo ridà al Boffi.

Grazie. La signora Lucia, mi dispiace se questo possa offendere il marito, fa le danze al «Lari Fari», sa?

Boffi: E quanto più fa così, tanto più mi convinco che è lei. Ma come vuole, scusi, che non la riconosca, se l'ho vista crescere da bambina?

L'Ignota: Me? proprio da bambina? Senti senti... E non sono cambiata da bambina a ora?

Boffi: È cambiata, certo; come si cambia tutti; ma ben poco, con tutto quello che deve aver passato!

L'Ignota: (*dopo averlo guardato un po'*): Ma sa che lei m'interessa enormemente? Di tutti i colori, ne ho passate. E anche adesso - guardi - tra loro due -

indica Salter e Mop:

sapesse che cose!

Salter (*fremendo: come uno che non ne possa più*): Basta! Come non ti vergogni?

Mop (*insorgendo, commossa*): No, ha ragione: questa povera creatura...

e fa per abbracciarla.

L'Ignota: (*infastidita, sbarazzandosi subito dell'abbraccio*): Mop, per carità!

Salter (*a Mop, furioso, approfittando di quel moto di fastidio dell'Ignota*): Lasciala in pace! E finisci di far la stupida così in pigiama! Va' a dormire!

Mop (*tragica, facendosi incontro al padre*): Tu, ti dovresti vergognare, non lei!

L'Ignota: (*trattenendola con esasperazione stanca*): Ma non ricominciate, in nome di Dio!

Salter: T'ho detto vattene, vattene!

L'Ignota: Sì, va', va', cara, va' a prepararmi, se ti riesce, un altro sandwich, eh?

Mop: E verrai a mangiarlo di là?

L'Ignota: Sì, a patto che non mi baci, sai che non posso soffrirlo!

Salter scoppia a ridere ferocemente.

Mop: Vigliacco!

L'Ignota: (*con orgasmo, al Salter*): Finiscila di ridere!

Poi, volgendosi al Boffi:

Cose che capitano a me sola! Gelosi, l'uno dell'altra!

Mop (*con strazio, supplichevole*): No, Elma, non dirlo!

L'Ignota: Eh, cara - magari non fosse vero - ma guardalo!

Le indica il padre.

Salter (*friggendo, con le mani in tasca*): Bada che non riesco più a frenarmi!

L'Ignota: (*provocante, crudele, rivolgendosi al Boffi*): La moglie non vuol divorziare - ha mandato la figlia per staccare il padre da me - mi s'è attaccata anche la figlia

a Mop

- sì, cara - peggio di lui, mi dispiace dirlo - perché lui almeno, vecchio, ma...

sottintende: «È uomo».

Mop (*si fa avanti, guarda prima il padre, poi si volta a L'Ignota e lo denunzia*): Ha la rivoltella in tasca per te, sai: te n'avverto.

L'Ignota: (*voltandosi a guardare il Salter, freddamente*): La rivoltella?

Salter (*non risponde, fa un sogghigno a labbra strette, cava di tasca la rivoltella, la va a posare sul tavolino, accanto a **L'Ignota:***): La metto qua, a tua disposizione.

E ritorna al suo posto.

L'Ignota: (*sorridendo*): Oh, grazie. Carica?

Salter: Carica.

L'Ignota: (*prende l'arma e domanda*): Per me, o per te?

Salter: Per chi vuoi tu.

Boffi (*vedendo alzar l'arma*) Ohé...

tic

noooon scherziamo!

L'Ignota: (*abbassando l'arma e poi posandola, rivolta al Boffi*): Ha capito? Tragedia.

E siede.

Salter (*di nuovo contenendosi a stento*): Finiscila di rivolgerti a un estraneo! Parla con me! S'era fissata per questa sera la decisione. Vuoi dare a intendere d'essertene dimenticata? Ma io no, sai!

L'Ignota: E come, la decisione - così?

E guarda la rivoltella.

Salter: Io sono pronto a tutto.

L'Ignota: (*a questa risposta, scatta in piedi, pallidissima, risoluta, riprende l'arma e la punta contro il Salter*): Vuoi che t'ammazzi? posso anche farlo, sai!

Si rilascia, abbassa l'arma:

Sono talmente stanca di tutto...

Gli s'appressa.

Ti do, invece - guarda: un bacio, qua sulla fronte.

Lo bacia.

Eh, di' grazie almeno...

Gli porge la rivoltella.

Tieni, caro; ammazzami tu, se vuoi.

Mop (*di scatto*): No! Bada che lui lo farà davvero!

L'Ignota: E lo faccia! Dopo tutto, quando non se ne può più... Se l'avesse lui, almeno, questo coraggio...

Ritornando al posto dov'era prima, dice, rivolta al Boffi con un tono di sincerità desolata, che pare parli la stanchezza stessa caduta a terra:

Davvero, sa, non ne posso più...

Poi, come riprendendo fiato:

Ho una fame che non ci vedo: chiedo un pezzo di pane: mi si offre una rivoltella: lei mi chiama «Signora Lucia»: è veramente da ridere questa sera...

Salter (*di scatto, andando di fronte al Boffi:*) Io sono qua a casa mia: le intimo d'uscire!

Boffi: E io non esco, perché sono qua per la signora e non per lei.

Salter: La signora è in casa mia, mia ospite!

L'Ignota: Quest'è vero; ma posso bene invitare e trattenere, se mi piace, uno che dice di conoscermi

Boffi E poi lei tratta gli ospiti con la rivoltella in pugno?

Salter (*rispondendo prima a l'Ignota*): Non in questo momento che dobbiamo venire tra noi a una spiegazione!

Poi rivolgendosi al Boffi:

Ha capito d'andarsene?

Boffi: Sì - ma con la signora!

L'Ignota: (*alzandosi d'improvviso, risoluta*): Bravo, sì - vengo con lei!

Salter (*terribile, d'un balzo, agguantandola a un polso*): Tu non esci di qua!

L'Ignota: (*cercando di liberare con uno strappo il polso ch'egli le tiene attanagliato*): Puoi impedirmi d'andarmene, se voglio?

Salter (*sempre tenendola*): Te l'impedisco sì!

L'Ignota: Con la forza?

Salter: Sì - se ti vuoi far forte del primo che capita!

Boffi: Io non sono il primo che capita!

L'Ignota: Lasciami!

Salter: No!

L'Ignota: Voglio andare con lui!

Boffi: Non userà violenza a una signora ch'io le affermo di conoscere!

Salter: Lei è qua un intruso. La signora non lo conosce affatto.

Boffi: Non mi vuol conoscere! non che non mi conosca! Io sono Boffi.

L'Ignota: (*subito*): Il fotografo?

Boffi (*a Salter, trionfante*): Vede che mi conosce?

Salter: Boffi?

Subito, sovvenendosi:

Ah, quello che ha scoperto -

Boffi: - il ritratto stereoscopico, appunto -

Salter: - eh sfido, allora, che lo conosce! È venuto a farne qua un'esposizione -

Mop: - e ne abbiamo veduto insieme le riproduzioni sui giornali...

L'Ignota: (*recisa, prendendo una risoluzione estrema: tutto per tutto*): Non è vero! Io lo conosco! Io lo conosco! È un amico di mio marito!

Con un nuovo strappo, liberando il polso:

Lasciami!

Salter: Ma se finora ne hai riso?

L'Ignota: Perché non volevo farmi riconoscere!

Boffi: Ecco! Ma si figura forse, signora, che suo marito non sappia?

L'Ignota: No, no, non può sapere! non può sapere!

Boffi: Sa tutto! Si raccolsero là le testimonianze!

L'Ignota: (*smarrita, domanda istintivamente*): Là, dove?

Boffi: Nella villa, dove purtroppo...

Salter (*notando lo smarrimento, con tono di sfida*): Villa? Che villa? di', di', che villa?

L'Ignota: (*subito, fiera*): La mia!

E rivolta al Boffi:

Dica quali testimonianze si raccolsero! Le butti in faccia a questo vigliacco che s'approfitta della disperazione in cui m'ha trovata!

Boffi: Furono udite le sue grida, dal vecchio giardiniere - sa, Filippo - che è morto ora è poco -

L'Ignota: Filippo, sì!

Boffi: Come avrebbe potuto difendersi là sola? Bastò vedere a noi tutti, al ritorno, l'orrore delle rovine nelle nostre terre invase...

L'Ignota: (*subito illuminandosi, come al richiamo miracoloso di un avvenimento a cui s'è trovata davvero*): - ah, l'invasione!

A Salter, trionfante:

Senti? Senti?

Salter (*interdetto: dovendo convenirne*): - sì, m'hai parlato dell'invasione... -

L'Ignota: (*c.s.*): - io sono veneta!

Boffi: Abbiamo avuto tutti la prova della ferocia del nemico -

Parlando a Salter con alterezza, come a rinfacciare un'infamia all'antico nemico:

Bruno Pieri, valoroso ufficiale, ritorna con l'esercito vittorioso al suo paese, e in quella villa ridotta un mucchio di macerie non trova traccia della giovane moglie sposata da appena un anno. -

L'Ignota: Bruno ...

Boffi: La sua Cìa ...

L'Ignota: Mi chiamava Cìa... mi chiamava Cìa...

Boffi: Immaginò lo scempio che dovettero far di lei gli ufficiali che s'insediarono nella villa - e impazzì, signora, impazzì per più d'un anno! Lei non può immaginare tutte le ricerche che fece nei primi anni, supponendo che la fiumana dell'esercito nemico, ritirandosi in fuga, l'avesse trascinata con sé.

L'Ignota: Mi trascinò con sé! mi trascinò con sé!

Salter (*a Boffi*): Ma aspetti!

Poi, come cercando nella memoria:

Io devo aver letto questa storia...

Boffi: Lei l'avrà letta sui giornali!

Salter: Ma sì. - anni fa...

Boffi: La fece pubblicare il marito, anni fa.

L'Ignota: io certo non l'ho letta!

Salter (*a l'Ignota*): La tua è tutta un'impostura! (*A Boffi:*) Debbo anche saperne qualche cosa... ma sì, di certe supposizioni di un mio amico dottore psichiatra - a Vienna...

Voltandosi di nuovo a l'Ignota, con sprezzo:

Tu stai mescolando i tuoi casi con codesta storia, e la vorresti far passare per tua?

Boffi: Ma se è appunto lei, la signora!

Salter (*ancora più sprezzante*): Tu?

L'Ignota: (*placidissima*): L'afferma lui, non senti? che mi conosce da bambina.

Boffi: E non posso sbagliare!

L'Ignota: Mentre tu mi conosci da pochi mesi soltanto.

Salter (*forte, convulso, con schianto*): io ho distrutto per te la mia vita!

L'Ignota: Per la tua pazzia - non per me.

Salter: Ma chi m'ha fatto perdere la testa?

L'Ignota: io? L'hai voluta perdere tu, accostandoti a me.

Salter: Per le tue tentazioni!

L'Ignota: Eh, caro mio, il mio mestiere di donna, a cui la vita m'ha ridotta. Non hai sentito ciò che mi è stato fatto?

Salter: Smetti una buona volta di valerti dell'inganno in cui s'ostina a persistere codesto signore!

Boffi: Io non m'inganno nient'affatto!

L'Ignota: E figùrati se io non me ne valgo!

A Boffi:

Lei, questa sera, è mandato veramente dal cielo per me! Il mio salvatore. Mi faccia il piacere di parlarmi di me bambina. Ero così tanto un'altra, che mi pare, se ci penso, di sognare.

Boffi: Ma a tutti ormai pare così, la vita di prima, signora Cia!

L'Ignota: Ah, mi chiama Cia anche lei? Cia, tutti? Credevo lui solo... Peccato!

Salter (*non contenendo più l'orgasmo*): Bada che non puoi levarmi di mezzo così, dopo avermi preso come m'hai preso!

L'Ignota: Io, preso?

Salter: Tu.

L'Ignota: Ti sei lasciato prendere? Avresti dovuto guardartene! - Sì, in un certo senso, è vero. Ma tu m'hai ingannata.

Salter: Io?

L'Ignota: Ingannata: t'avevo preso soltanto come un buffone; e sei diventato insoffribile: insoffribile!

Salter: Perché non vuoi avere pietà di me?

L'Ignota: (*come trasecolata*): Io? Hai il coraggio di dirlo? Ne ho avuta, tanta! E tua figlia è testimonia...

A Boffi:

Sa, uno scrittore di fama...

Salter (*subito per troncare*): Ti proibisco di parlare di me!

L'Ignota: E perché metti avanti allora la tua vita distrutta?

Salter: Perché abbia paura, se ora pensi davvero di disfarti di me, così.

L'Ignota: Io, paura?

Salter: Paura, sì.

L'Ignota: Non ne ho mai avute, di queste paure.

Salter: E ora devi averla!

L'Ignota: Perché hai la rivoltella in tasca? - Guarda: io me ne vado con questo signore: Cia, a spasso, come da bambina. Tu cavi di tasca la rivoltella e m'ammazzi: come per uno scherzo. - Proviamo?

Salter (*fremendo*): Non mi cimentare!

L'Ignota: Io ci sto.

> *A Boffi, prendendolo sotto il braccio:*

Andiamo.

> *Salter cava di tasca la rivoltella.*

Boffi (*subito mettendosi in mezzo*): No, così no, signora!

L'Ignota: Sono stata in mezzo alla guerra! Mi lasci ammazzare! Poi dovrebbe ammazzarsi anche lui - e non ne ha il coraggio!

Salter: L'ho - e tu sai bene che l'ho!

L'Ignota: (*a Boffi*): Stia a sentire: avrei potuto buttarlo in un canto così col piede, come uno straccio per terra...

Salter: Io non sono un buffone!

L'Ignota: Che faccia!

> *A Mop:*

Di' tu, Mop, se non è vero che s'è diviso da tua madre perché lo rimbrottava sempre di non essere serio abbastanza per la sua reputazione di scrittore.

Mop: Sì, è vero.

L'Ignota: Sconcezze, sa, da non credersi, smorfie davanti alla gente che veniva a visitarlo: «Scusatemi, signori, ma io non posso esser serio con mia moglie davanti, che - guardate - cova come una chioccia la mia fama!».

Salter (*Esasperato*): Non potevo esser serio! Non potevo esser serio!

A Boffi:

È spaventoso, signore, come basti una cosa di queste, una sciocchezza magari, che si dica così per ridere, di passata - vede? - si fissa in un concetto - per sempre - sono quello, e non posso esser altro - bollato - un buffone!

L'Ignota: Puoi negare che facevi proprio il buffone quando t'ho conosciuto in mezzo a quegli altri?

Salter (*interrompendo con orgasmo*): Ma perché avevo dentro il tormento di una vita impossibile!

L'Ignota: (*a Boffi*): Li caccia via, ora, gli altri - ha visto? - indignato; e rimbrotta lui me, adesso, che gli comprometto la riputazione! È diventato sua moglie!

Accanendosi:

Dovrei io rendertela possibile, la vita, è vero? Io, con tua figlia che... - ah Dio!

Si copre la faccia con le mani, per schifo, esasperazione, disperazione:

- non mi fate parlare! non mi fate parlare!

Mop (*subito, accorrendo a lei, atterrita che dica*): No, no, Elma! Per carità!

L'Ignota: (*quasi con un ruggito, respingendola*): Levati - Voglio dirlo!

Mop: Che cosa?

L'Ignota: Quello che m'avete fatto!

Mop: Io?

L'Ignota: (*quasi farneticando*): Tu - tutti - non ne posso più - questa è vita da pazzi - io n'ho fino alla gola - mi si rompe lo stomaco - vino, vino - pazzi che ridono - l'inferno scatenato - specchi bicchieri bottiglie - una ridda, la vertigine - chi strepita, chi balla - s'aggrovigliano nudi - tutti i vizi impastati - non c'è più legge di natura - più nulla - solo l'oscenità arrabbiata di non potersi soddisfare -

acchiappando Boffi per un braccio e indicandogli Mop:

- guardi, guardi se quella è più una faccia umana! - e lui, là,

indica Salter:

- con quella faccia da morto, e tutti i vizi che gli vèrmicano negli occhi! - e io vestita così - e lei che vuol parere un diavolo - questa casa - ma qua, come dovunque - tutta la città - è la pazzia, la pazzia!

Di nuovo, indicando Mop:

- Arriva. - Io non ne so nulla. Di sera, ero al «Lari-fari». Chi sa che scena col padre! Ha uno sgraffio qua, dalla fronte alla guancia *le acchiappa la faccia e la mostra a Boffi:*

- guardi bene, ne porta ancora il segno!

Salter: Ma non fui io!

Mop: Me lo feci da me - non ci vuol credere!

L'Ignota: Io non so nulla: non c'ero! - Torno qua, ubriaca: per forza! rovescio col piede le bottiglie e poi me le bevo - faccio «Spuma di Champagne»

mostrando l'abito:

- vede? - è la mia danza più famosa - per forza, dunque, ubriaca ogni sera! - Non vedo neppure, quella sera, chi mi prende e mi porta a letto.

Mop (*quasi saltandole addosso, tutta un fremito, per impedirle che seguiti a dire*): Elma, te ne scongiuro, basta!

L'Ignota: (*mentre la respinge di nuovo*): No, lasciami dire! - Lui se n'era andato fuori...

Mop (*tenendosi aggrappata a lei*): Ma che vuoi dire? Sei pazza?

L'Ignota: (*staccandosela d'addosso e buttandola sulla poltrona, dove Mop torna ad aggrupparsi con la faccia nascosta*): Eh sì, lo so! Le pazze soltanto hanno il privilegio di poterle urlare - chiare - davanti a tutti - certe cose!

A Boffi, indicandogli Salter che sorride:

- Guardi, ride... come rise la mattina dopo, quando volle sapere...

Salter: Ma perché è strano che tu -

L'Ignota: - dia importanza a ciò che per voi non è niente? - Tutto è come niente, qua!

Indicando a Salter la figlia con la faccia nascosta:

Ma intanto lei - guarda là!

Salter: È il rimorso d'aver tradito chi l'ha mandata qua...

Mop (*scattando in piedi e gridando convulsa*): No! Perché non è giusto! Non è giusto!

L'Ignota: (*a Boffi*): Lo proclamano, capisce? come un diritto! Lei li accusa; gridano che non è giusto! - Io ho bisogno di scapparmene di qua - via da tutti, via da tutti - anche da me stessa - via - via - via - non posso più essere così - questa -

Boffi: - ma sta a lei, signora, di riprendere la sua vita! -

L'Ignota: - la mia vita? - quale? -

Salter (*con scherno feroce*): - ma da signora Lucia - con tuo marito - te ne sei già dimenticata? -

22

L'Ignota: (*fierissima a Salter*): - non me ne sono dimenticata!

A Boffi, con altro piglio:

Quest'uomo cerca ancora, dopo dieci anni, la sua moglie?

Salter: - la sua Cia -

Boffi (*a l'Ignota con fermezza*): - sì, signora -

poi a Salter, sfidando lo scherno:

la sua Cia -

poi di nuovo, a l'Ignota

- nonostante la guerra di chi ha avuto tutto l'interesse di farla ormai ritenere come morta, dopo dieci anni -

Salter (*subito, diabolico*): - chi? - chi ha avuto quest'interesse? - tu dovresti saperlo! - su, dillo! dillo!

L'Ignota: (*c.s.*): Io non so nulla! - Io domando appunto a lui, come la può credere viva, se non gli è più ritornata?

Boffi: Ma perché suppone che, dopo quanto le dev'essere accaduto -

L'Ignota: - quella che lui va cercando non ci può essere più! -

Boffi: - no signora! - suppone che lei non sia più ritornata per questo - appunto - temendo che non possa più essere per lui la stessa, dopo quanto è accaduto -

L'Ignota: - e crede dunque davvero che possa più essere la stessa?

Boffi: - perché no, signora, se lei vuole? -

L'Ignota: - dopo dieci anni, la stessa? - dopo tutto quello che le dev'essere accaduto, la stessa? - È pazzo! - E la prova è che non gli è più ritornata.

Boffi: Ma io dico, se lei ora vuole, signora...

L'Ignota: Voglio? - sì, fuggire da me stessa, voglio - non avere più un ricordo di nulla, di nulla - vuotarmi di tutta la vita - ecco, guardi: corpo - essere soltanto questo corpo - lei dice che è suo? che le somiglia? - io non mi sento più - io non mi voglio più - non conosco più nulla e non mi conosco - mi batte il cuore, e non lo so - respiro e non lo so - non so più di vivere - un corpo, un corpo senza nome in attesa che qualcuno se lo prenda! - Ebbene, sì: se mi ricrea lui, se glie la ridà lui un'anima, a questo corpo che è della sua Cia - se lo prenda, se lo prenda, e vi metta dentro i suoi ricordi - i suoi - una vita bella, una vita bella - una vita nuova - io sono disperata!

Boffi (*risolutamente*): Signora, io corro subito a chiamarlo!

Salter: Lei non chiama nessuno a casa mia!

L'Ignota: (*facendo per correre allo scrittojo accanto*): Lo chiamo io!

Salter (*subito, trattenendola*): No. Aspetta. Vado io. Lo chiamo io. E vedremo...

Corre allo scrittojo.

L'Ignota: (*perplessa, stordita*): Chiama? Chi chiama?

Boffi: Che vuol fare?

Mop (*che s'è voltata, a guardare che cosa faccia il padre di là, a questo punto dà un grido d'orrore*): No!

E accorre, mentre di là rintrona un colpo di rivoltella.

Papà! Papà! Ah Dio! Ah Dio!

Boffi (*accorrendo*): È stramazzato!

L'Ignota: S'è ucciso!

Si odono ora di là le voci ansiose di tutt'e tre attorno al corpo di Salter che s'è ferito al petto; prima l'osservano; poi lo sollevano da terra per adagiarlo su un divano.

Mop: Al cuore! Al cuore!

Boffi: Ma no! Non è morto! Il cuore è illeso!

Mop: Ah - guardi - il sangue dalla bocca!

Boffi: È toccato il polmone!

L'Ignota: Gli sollevi, gli sollevi un po' la testa!

Mop: No, piano: io! Papà! Papà!

Boffi: Bisogna sollevarlo! portarlo là sul divano! M'ajutino; m'ajutino!

Mop: Piano! Piano!

Boffi: Lei di qua! Ecco: così ...

Mop: Mop, la tua Mop, papà ... Qua, qua... così, piano, la testa... Quel cuscino, quel cuscino...

L'Ignota: Bisogna chiamare un medico, subito!

Boffi: Andrò io, andrò io...

Mop: Di', di'... Che vuoi dire, papà?

A l'Ignota

24

- Guarda te!

L'Ignota: Non è grave... Non sarà grave... Ma subito, il medico...

Mop (*a Boffi*): Sì, il medico: guardi, c'è qua, nella stessa casa! - Ma ecco, suonano, battono alla porta...

Si ode, difatti, sonare e battere alla porta.

Boffi (*accorrendo*): Ecco ecco, apro io...

L'Ignota: (*rientrando dietro a Boffi*): Il medico è qua, al piano di sotto! Boffi ha aperto la porta.

Entra un gigantesco portiere gallonato, tipicamente tedesco, tutto rabbuffato e furioso.

Portiere: Che cos'è? Che cos'è stato? Ma quando si finirà insomma in questa casa? Anche colpi d'arma da fuoco?

L'Ignota: Sì, sì, guardi, c'è di là il signor Salter... S'è ferito!

Portiere: S'è ferito? Come? Ferito da sé?

Boffi: Sì, al petto, da sé - gravemente!

L'Ignota: Vada subito a chiamar giù, per piacere, il dottor Schutz!

Portiere: Il dottor Schutz a quest'ora dormirà!

Boffi: E lei lo svegli!

L'Ignota: Sì, sì, per carità! Bisogna dargli ajuto subito!

Portiere: Io non sveglio nessuno! Loro mettono in rivoluzione la casa! Bisogna che questa storia finisca!

Boffi: Vado io, vado io a chiamarlo!

Portiere (*pronto, ghermendolo*): Lei non esce di qua, se c'è un ferito!

Boffi (*liberando, con uno strappo, il braccio*): Lei è pazzo!

Portiere: Pazzi sono lor signori! Ci sono i regolamenti delle case! Lor signori vivono tra le stoffe soprammesse; io conosco i muri, le scale conosco, e il regolamento della casa, e faccio la denunzia! Dov'è il ferito? Di là? grave?

Boffi: Ma sì, sì, grave! Bisogna soccorrerlo!

Portiere: Ma io dico, se è così grave...

Mop (*sopravvenendo di là*): Ecco, sì, sarà forse meglio trasportarlo in una clinica... Qua non abbiamo nessuno!

25

Portiere: Ecco, appunto, fuori, fuori di qua: in una clinica... Posso chiamare per il trasporto.

Mop: Sì, subito, per piacere, chiami, chiami per il trasporto.

Mop ritorna presso il padre, e il portiere se ne va via brontolando.

Boffi: Ma come? così, qua, senza nessuno?

L'Ignota:, Si vive così. Di notte, nessuno. E i portieri sono i padroni delle case.

Boffi: Lei venga adesso con me, signora.

Mop (*chiamando, dallo scrittojo*): Elma, Elma, vieni qua!

L'Ignota: No, dove vuole che vada, ora?

Boffi: Ma signora Lucia...

Mop (*comparendo, sotto l'arco*): Elma!

L'Ignota: Mi chiama Elma, sente?

Boffi: Vado io allora a chiamar lui!

Mop: Non penserai mica d'andartene

Boffi: - dopo che l'ha minacciata tutta la sera? -

Mop: - ma appunto perché se ne voleva andare!

Boffi (*prendendola per un braccio*): Tornerò qua con lui, signora Lucia; e son sicuro che appena lei lo vedrà...

Mop (*venendola a prendere per l'altro braccio*): Vieni, vieni, Elma: ti chiama, ti chiama: vuole te!

Boffi si scrolla, urtato, e va via risolutamente.

L'Ignota: (*a Mop*): Va', va': ora vengo...

Mop (*si muove, incerta: si volta*): Tu te n'andrai...

L'Ignota: No, vengo, vengo... Va', non lo lasciar solo...

Mop va. Rimasta sola, l'Ignota si preme a lungo le mani sulla faccia; poi, di scatto, se le stacca per passarsele sulle tempie, una di qua, una di là, come a sorreggersi la testa, levata disperatamente, e chiude gli occhi per dire: Un corpo senza nome! senza nome!

Tela

26

ATTO SECONDO

Sala a pianterreno, chiara e luminosa, della villa Pieri.

La parete di fondo è aperta su una loggia con balaustra di marmo, da cui si spiccano quattro esili colonne a sorreggere la copertura di vetri. Si scorge da questa loggia un delizioso paesaggio, calmo verde assolato, anch'esso di tinte chiare, riposate. Sul finire dell'atto, s'andrà velando d'ombre violacee. Nella parete di destra (dell'attore) è la scala piuttosto larga, che conduce ai piani di sopra della villa. Se ne vedono i primi gradini con una ricca guida di mezzo, rossa.

Nella parete di sinistra è una grande porta a vetri, da cui si va nel giardino avanti alla villa.

L'arredo è chiaro e ricco, da hall. Spicca nella parete di fondo, a destra, un grande ritratto ovale, a olio, di Lucia Pieri, com'era nell'anno che andò sposa, prima della grande guerra, in un grazioso atteggiamento, vestita d'un abito giovanile e acconciata alla moda d'allora. Sono passati quattro mesi dal primo atto. È un pomeriggio d'aprile.

Al levarsi della tela si vedrà la zia Lena Cucchi nell'atto di parlare a qualcuno giù nel giardino. La zia Lena è sui sessant'anni, grassa, ma solida, con un testone quasi da maschio, tutto a boccoli grigi, strani. Ha le sopracciglia nerissime, grosse e folte, e porta occhiali tondi, cerchiati di tartaruga. Veste di nero, maschilmente, col colletto inamidato. È franca e sbrigativa.

Zia Lena: Ma sì, ma sì, vieni su! Ti dico che bastano, Dio mio! - Oh, finalmente! Ma guarda che fascio... - gli cascano, anche... Basta! non stare a raccoglierli! - A momenti spoglia tutto il giardino...

Entra dalla porta a vetri lo zio Salesio Nobili, con un gran fascio di fiori tra le braccia. È un vecchietto smilzo, che sarebbe ancora arzillo, se non avesse la nuca e la schiena quasi ingommate. È tutto ritinto, capelli, baffetti e pappafico: i baffetti sono come due ditate di nerofumo, sotto il gran naso aquilino. L'eleganza è il primo compito e fors'anche il martirio di zio Salesio. Un colletto alto per lo meno quattro dita gli tien su il collo stralungo. Indossa un perfettissimo tait.

Zio Salesio: Ecco: spiego -

Zia Lena: Non spiegare: posa lí!

Indica la tavola in mezzo alla scena.

Zio Salesio (*posando i fiori*): No, se permetti, spiego, cara cugina!

Zia Lena: E va bene, spiega! Io intanto dispongo i fiori.

Si mette a disporre fiori nei vasi, qua e là, nella sala.

Zio Salesio: Non li ho mica raccolti per quelli che verranno...

Zia Lena: Non voglio sapere per chi li hai raccolti. Ne hai raccolti troppi: ti volevo dir questo soltanto!

Zio Salesio: E ti spiego perché...

Zia Lena: Spiega spiega: tu passi tutta la tua vita a spiegare.

Zio Salesio: Eh sfido! Con la poca comprensione che si ha - o piuttosto - che si vuole avere...

Zia Lena: Io, oggi, mi sento bene - spiega questo - e tu ti senti male.

Zio Salesio: Io mi sento benissimo!

Zia Lena: No, caro, male!

Zio Salesio: Benissimo!

Zia Lena: Malissimo!

Zio Salesio: Mi spieghi tu allora, perché dovrei sentirmi malissimo?

Zia Lena: Se lo vuoi spiegato, vuol dire che non hai coscienza di quello che hai fatto!

Zio Salesio: Che ho fatto?

Zia Lena: Oh, basta! Non seccare più! - Se Dio vuole, tutto finito oramai: si piglieranno oggi gli accordi per questo famoso notariatto...

Zio Salesio (*ridendo*): Ma che «notariatto» che «notariatto»! Atto notorio!

Zia Lena: So assai io! - notorio? - direi rottorio! - e non se ne parlerà più. - Per punizione, guarda, se dovesse dipendere da me - ti farei magari un assegno - ma qua, con la Cia, non ti ci vorrei più.

Zio Salesio: Brava! In compenso d'essermi spogliato di tutto per mia nipote.

Zia Lena: Quando desti in dote alla Cia la villa e le terre non ti spogliasti mica di tutto: eri ricco, allora; tanto che potesti farlo come niente.

Zio Salesio: E ora che non ho più niente - via, eh? La punizione che mi merito.

Zia Lena: Ma non fraintendere! io dico, punizione di non aver avuto la stessa fede di Bruno, incrollabile, che la nostra Cia non fosse morta!

Zio Salesio: Se non l'avesti più neanche tu, a un certo punto! - sì, sì, lo dicesti anche a me!

Zia Lena: L'avrò detto - ma non mi prestai a fare nessun atto, io, perché fosse dichiarata morta!

Zio Salesio: Eh, perché non toccava a te di farlo...

Zia Lena: Ti dico che non l'avrei mai fatto, io! E non ci troveremmo ora in questo impiccio che urta tutti, di dover prendere gli accordi per farlo annullare! - E se penso che tutto questo l'avete fatto per la viltà di voler levare a Bruno le terre e la villa...

Zio Salesio: Uh, viltà... - levare... come se fossero state sue!

Zia Lena: Più che sue! Due volte sue! Ricostruita di sana pianta la villa; e le terre rimesse in valore! Ma glien'avete negato il diritto...

Zio Salesio: Se non l'aveva!

Zia Lena: Eh lo so! Con la bella scusa escogitata dalla Ines, che le riparazioni toccava farle allo Stato dopo gli accertamenti! - Io, guarda, anziché prestarmi alle manovre della Ines -

Zio Salesio: Ma santo Dio, tu dimentichi che Bruno, senza più la Cia, era divenuto per noi un estraneo, mentre Ines era pur l'altra mia nipote, per cui non avevo potuto far nulla - già ridotto povero - al tempo del suo matrimonio!

Zia Lena: Ah, confessi dunque d'averlo fatto per la Ines?

Zio Salesio: L'ho fatto, scusa, anche per me...

Zia Lena: Senza sentirti rivoltare lo stomaco, a vederla così accanita perché fosse dichiarata morta la sorella!

Zio Salesio: Accanita, per l'attrito con Bruno... Sei curiosa, Bruno sì m'ha compreso e scusato - e tu no!

Zia Lena: E io no! - Perché non mi lascio tirare da nessuna parte, io! E penso con la mia testa! - Bruno, sì, un estraneo - posso comprendere - e io, ridotto povero - ritornare in possesso di quello che avevo donato un giorno a mia nipote - sì, posso comprendere - fin qui posso comprendere - non è bello, ma è umano - l'uomo non è bello: tant'è vero che non ho voluto mai saperne -

Zio Salesio (*sbottando, dopo di aver tanto ingozzato*): - e allora ti dico - oh! - che neanche l'uomo di te! -

Zia Lena: - neanche l'uomo di me, d'accordo! -

Zio Salesio: - perché sei buona, Lena, ma brutta! brutta! brutta! anche di carattere brutta! - Non tieni conto che sono povero anche per aver donato!

Zia Lena: Sì, caro il mio Salesio! E perché ormai così povero - ti sto dicendo - tu sì, in possesso - ma a codesta tua bella nipote Ines, che oggi ha il coraggio di ripresentarsi qua a sua sorella, io, per punirla, avrei gridato in faccia: «Ma le terre e la villa no, ora, sai! anziché a te, - guarda - io le lascio ai cani, e tu puoi leccarti le dita!».

Vedendo scendere dalla scala L'Ignota

Ma ecco qua la nostra Cia!

Fa subito le meraviglie, perché L'Ignota, con studio che appare evidente anche a chi le è stato vicino come la zia Lena e lo zio Salesio, s'è vestita e acconciata come nel grande ritratto ovale che è appeso alla parete.

Oh, ma guarda... Dio Dio... ti sei fatta quella?

Zio Salesio: Il ritratto spiccicato!

L'Ignota: Venivo a confrontare. Devo recitar la commedia...

Zia Lena: La commedia?

L'Ignota: Eh, non devono venire ... ? Morta, dopo dieci anni... non si sa mai... Meglio rifarsi al punto di partenza... Solo mi...

si picchia sullo stomaco, per significare che le urta.

Basta! - Chi verrà, oltre... mia sorella Ines?

Zia Lena: - il marito -

L'Ignota: - Livio? Silvio?

Zia Lena: - Silvio, Silvio -

L'Ignota: - non so perché, mi s'è fissato Livio -

Zio Salesio: - avvocato, sta' attenta! -

Zia Lena: - a che ha da stare attenta? -

Zio Salesio: - è quello che ha condotto... -

Zia Lena: - ma va' là! non ci penserà più... Uomo di garbo... -

Zio Salesio: - fino!

L'Ignota: Sarò felicissima di conoscerlo!

Zia Lena: Ma lo conosci... non da cognato, certo... era amico di Bruno...

L'Ignota: Eh, avrà avuti tanti amici Bruno! Non avrò mica l'obbligo, spero, di

conoscerli tutti, se li conduce qua, ora che la porta si apre... - Chi altro deve venire?

Zia Lena: Ma - tua cognata Barbara - suppongo - se Bruno penserà di mandarla a prendere.

Zio Salesio: Quella non è niente...

Zia Lena: Niente? Quella è stata sempre - sotto sotto - la più nemica.

L'Ignota: E Boffi. Ci sarà anche Boffi?

Zio Salesio: Non so se sia in città.

L'Ignota: C'è, c'è. Ho detto a Bruno di far venire anche lui. Boffi lo voglio io, lo voglio io.

Guarda il ritratto e poi si guarda addosso:

Perfetto, non è vero?

Zio Salesio: Sembri scesa di là!

Zia Lena: Sì, benché a me veramente non parve mai che quel tuo ritratto da ragazza ti somigliasse molto.

L'Ignota: Ah no? Eppure Bruno m'ha detto ch'è stato fatto su la fotografia ingrandita...

Zio Salesio: Come no! sulla fotografia -

L'Ignota: - e con tutte le indicazioni date da lui al pittore -

Zio Salesio: Si può veder bene adesso, se ti somiglia! Tal quale, perbacco: come ho sostenuto sempre io! Eccola qua!

Zia Lena: Io dicevo per gli occhi... Ma scusa, permetti:

> *Prende tra le mani il viso del***L'Ignota:** *e le guarda gli occhi da vicino.*

Eccoli, guarda! eccoli qua, i suoi veri occhi, come li ho visti sempre io: sono questi - non sono mica quelli là!

L'Ignota: Tu hai visti a Cia sempre questi occhi?

Zia Lena: Ma sì, questi!

Zio Salesio: E non sono gli stessi?

Zia Lena: Ma che gli stessi! - Questi, sono gli stessi - non quelli là! - Un po' verdi...

Zio Salesio: Ma che verdi, se sono azzurri!

L'Ignota: (*prima a Lena*): Per te, verdi,

> *poi a zio Salesio:*

per te azzurri.

> *E tirando zio Salesio davanti al ritratto:*

E per Bruno, guarda, zio: grigi, tra le ciglia nere. Poi ci si sarà messo anche il pittore... «I veri occhi di Cia» - andate ad accertarli, anche dalla prova d'un ritratto!

Zio Salesio: Io non posso sbagliare. Amico fraterno di tuo padre... Tu hai gli stessi occhi di lui.

Zia Lena: Di lui, dice! - Quelli della Ines, sì, gli occhi di suo padre! Non questi! - Tu hai invece gli stessi occhi di tua madre, credi a me! - Da ragazze, cresciute insieme - cugine dello stesso nome - io e la povera Lena - figurati se non lo so!

> *Zio Salesio ride.*

Ridi, sì, ridi!

L'Ignota: Perché ride?

Zia Lena: Ma perché da ragazze, i giovanotti, quando ci vedevano insieme, noi due cugine -

Zio Salesio: - le chiamavamo la Lena bella e la Lena brutta.

L'Ignota: Non brutta, Lena!

Zia Lena: Cara! Protestavi proprio così, da piccina! «No, brutta, Lena! » - Perché questa brutta, quando la bella morì, ti fece da mamma...

L'Ignota: (*turbandosi*): Basta, Lena - per piacere.

Zia Lena: (*come sentendosi richiamata a un patto convenuto*): Sì, basta, basta. - Ma questo è un passato che non ti può dolere.

Zio Salesio: Le duole, si vede, se t'ha detto basta!

Zia Lena: Dico, non le può dolere, perché era tanto piccina: non se lo può ricordare.

Per concludere:

Sei il ritratto di tua madre: era proprio come te, quando morì.

Zio Salesio: Io la vedo totalmente un'altra!

Zia Lena: Uff!

L'Ignota: È proprio questa, zio, la commedia che reciterò: su come mi vedi tu e come mi vede la Lena, e su come si fa a riconoscere dopo dieci anni una scomparsa, con tutto l'esercito nemico che le dev'essere passato sopra! Sentirai, sentirai...

Sedendo e invitando a sedere zia Lena e zio Salesio:

- Ora, però, bisogna che tutt'e due, prima, mi spieghiate bene com'è la vera situazione di Bruno, qua, per queste terre e la villa.

Zio Salesio (*meravigliato*): La situazione? E non la sai?

L'Ignota: (*secca*): Non la so.

Zio Salesio: Bruno te n'avrà parlato.

L'Ignota: M'ha detto... non so... di diritti negati... Ma era così impacciato... Forse perché io, a sentime parlare...

Zia Lena: Eh lo so, fa anche a me un tale urto di stomaco!

L'Ignota: (*con l'aria e il tono di chi covi un sospetto che faccia sdegno e rattristi*): No, Lena, non per ciò che tu supponi; io ho provato urto per altro... - Se n'è andato, scrollandosi: «Oh, alla fine, non badare! Puoi anche mostrarti nuova di tutto. Meglio anzi che sappiano, ch'io non t'ho informata di nulla». Voglio essere informata invece di tutto, e bene - io - ora.

Zio Salesio: Ma la situazione è chiarissima, ormai!

Zia Lena: Col tuo ritorno... -

Zio Salesio: - tagliata di netto ogni competizione!

Zia Lena: Stavamo a parlare appunto di questo...

L'Ignota: La dichiarazione di morte, però, non è stata ancora annullata?

Zia Lena: Che vai a pensare! Sarà annullata, con l'atto che si farà adesso

Zio Salesio: Sarebbe stata annullata subito, se tu avessi voluto fin da principio...

L'Ignota: (*si butta a dire con sdegno*): Fin da principio...

ma si frena un momento.

Non mi fate parlare!

Poi, non potendo fare a meno di esprimere ciò che sente.

Non ho voluto nulla - io - fin da principio - nulla di tutto questo!

Zia Lena: Sì, sì, lo sappiamo! - Doveva esserti risparmiata almeno questa amarezza!

L'Ignota: Fosse amarezza soltanto...

Zia Lena: Ma, sai? ci sono interessi di mezzo...

L'Ignota: Non me n'è stato detto nulla!

Zia Lena: Sono interessi anche tuoi...

L'Ignota: Io non ho nessun interesse!

Zio SAlesio: Come non ne hai, scusa..?

L'Ignota: No... Ah, no no! Se ci sono interessi di mezzo, vi avverto subito, io non mi presto! Ditemi, ditemi. Perché, se dovesse... Prima di tutto, andrei a levarmi di così! - (*accenna all'abito che indossa.*) Sarebbe indegno, indegno...

Zia Lena: Ma no... perché ti pare così?

L'Ignota: Perché è così! - Quest'atto di morte è giusto! è giusto!

Zio Salesio: (*stordito*): - Come, giusto?

L'Ignota: Giusto! - L'ho detto a Boffi là e anche a lui! - Siete stati dieci anni ad aspettarla. La vedeste tornare? No! Perché non tornò più? - Ci vuol tanto a immaginarla, la ragione? - Morta, morta, o come morta per la vita che aveva avuta qua prima! per ogni ricordo di questa vita che non volle più avere - è chiaro - non volle più avere - se pur rimasta in vita!

Zia Lena: (*commossa*): Sì sì - hai ragione, hai ragione, figlia mia! - E io l'ho compreso bene!

Zio Salesio: Anch'io, anch'io, Cia! - Ma se ora sei tornata...

L'Ignota: Senza saper nulla di tutti questi contrasti qua d'interessi, e che sarei stata costretta a rappresentare questa parte che mi ripugna! Io sono venuta per lui! L'ho fatto soltanto per lui! E misi bene avanti per patto che, venendo qua, nessuno, nessuno doveva pretendere d'esser riconosciuto da me; nessun ricordo, risvegliato, né di prima, né di poi! Non volli in principio vedere neanche voi due, che pure stavate qua con lui -

Zio Salesio: - sì, e difatti ci allontanammo per più d'un mese...

L'Ignota: (*alzandosi, smaniosa*): Doveva dirmelo, doveva dirmelo! Non sarei venuta!

Zia Lena: (*timida, dopo una breve pausa*): Forse per delicatezza non te lo disse, perché è stata tua sorella -

Zio Salesio: - dopo la scomparsa -

Zia Lena: - ecco che cerca di nuovo di scusarla! -

Zio Salesio: - ma non la scuso - spiego - lo dice lei stessa, non senti? dopo dieci anni -

L'Ignota: - chiese, con ragione, la dichiarazione di morte, perché fossero assegnate a lei le terre e la villa - non è così?

Zia Lena: (*correggendo*): No, non a lei! - perché ritornassero a lui

indica zio Salesio

che te le aveva date in dote -

Zio Salesio: - non essendoci prole... -

L'Ignota: (*con gioja, a zio Salesio*): - ah, ma sono dunque ritornate a te? non sono più di Bruno? -

Zia Lena: - no, sono di Bruno, sono di Bruno -

L'Ignota: - se c'è la dichiarazione di morte! - E ne fui tanto contenta, io, là, perché mi liberava dall'obbligo... Io non so, parve una salvezza anche a lui...

Torna a sedere.

Ma ditemi, ditemi! Come sono ancora di Bruno?

Zia Lena: Sì, perché Bruno oppugnò giustamente -

Zio Salesio: - ecco: giustamente no! -

Zia Lena: - giustamente sì! -

Zio Salesio: - no!

34

L'Ignota: Ma non capisci, Lena, che io sarei felice, se fossero tornate a lui ed egli potesse ancora disporne e darle a quella?

Zia Lena: Ma no!

Zio Salesio: Questo no! Che c'entra!

L'Ignota: Sì, sì! a lei! a lei!

Zio Salesio: Ma no! Io non c'entro più! Son fuori causa, io, ormai! Tagliata la testa al toro, col tuo ritorno! - Discutevamo accademicamente con Lena, prima che tu scendessi, appunto se il motivo della contesa era giusto o no! - Ti puoi figurare come rimasero qua, la villa e le terre, dopo la guerra: macerie, tutto devastato...

Zia Lena: E finché tutto rimase maceria e devastazione - capisci? - nessuno pensò a farti dichiarare morta! - L'appetito nacque, dopo che Bruno... -

Zio Salesio: - eh, se parli tu... -

Zia Lena: - e che vorresti dire forse, che non è vero? -

L'Ignota: - lascia, Lena, lascia dire a lui - voglio sapere anche la sua opinione.

Zio Salesio: Tu hai avuto sempre giudizio per tutti, Cia - e vuoi ora veder chiaro...

L'Ignota: Sì, sì, veder chiaro, veder chiaro!

Zio Salesio: Dunque...

A Lena: come tra parentesi:

- permetti?

Di nuovo all'Ignota:

- questo è il vero punto della questione: - A chi toccavano le riparazioni dei danni di guerra? -

Zia Lena: - allo Stato! - ecco, rispondigli così e fallo contento! E così, capisci? ogni pretesa su quanto fece qua tuo marito, ricostruendoti subito la villa nella speranza che tu dovessi da un momento all'altro ritornare, fu oppugnata dall'altra parte. «Grazie tante» - gli dissero. - «Le riparazioni? Non possono valere come diritto, perché le avrebbe fatte a suo tempo lo Stato!»

Zio Salesio: Le cose erano a questo punto -

Zia Lena: - quando è scoppiata come una bomba la notizia della tua ricomparsa! -

Zio Salesio: - caduta ogni contesa e rimesso tutto a posto!

Zia Lena: Puoi figurarti come restarono! erano così sicuri d'aver vinto!

Pausa. L'Ignota rimane in una cupa concentrazione.

L'Ignota: Se dunque questa «ricomparsa» - come tu dici - non fosse avvenuta, Bruno avrebbe perduto tutto?

Zio Salesio: Certo! Tutto!

Zia Lena: Ottenuta, dopo gli anni prescritti, la dichiarazione di morte...

L'Ignota: E Boffi sapeva tutto questo, quando venne a Berlino?

Zia Lena: Lo sapeva, sì! Come vuoi che non lo sapesse? È stato uno scandalo!

Zio Salesio: Non s'è parlato d'altro, qua, puoi figurarti, tutto questo tempo...

Zia Lena: Ragioni di sentimento, da una parte: e, dall'altra, in contrasto, ragioni d'interesse, gravi, perché le terre sono tante, lo sai, e divenute, per le cure di tuo marito, una vera ricchezza. E i nemici avevano buon gioco, perché le ragioni di sentimento difese da tuo marito suscitavano facilmente lo scherno dei maligni, come se Bruno se ne volesse far bello per difendere invece, a torto, i suoi interessi.

L'Ignota: Ah, s'è anche pensato che gli abbia potuto far comodo difendere le ragioni di sentimento, per i suoi interessi?

Zia Lena: I maligni! I maligni!

Zio Salesio: Gli animi s'erano talmente inaspriti...

Nuova pausa.

L'Ignota: (*cupa, sempre più affondata in un sospetto che la sconvolge*): Capisco, capisco...

Zia Lena: (*per distrarla*): Ma ormai, tutto finito! - Basta! basta! - Non ne parliamo più! - Certo, ti turba, ora, rivedere...

L'Ignota: (*con scatto di sdegno*): No - che vuoi che me n'importi!

Poi con altro tono:

Altro, mi turba...

S'infosca:

Che anche, là a Berlino...

Zia Lena: (*timida*): Che cosa?

L'Ignota: Niente, niente!

Zia Lena: Ma sono - tu vedi - formalità. Figuri morta: bisogna che riappaja viva.

L'Ignota: (*senza badare a ciò che la zia Lena ha detto*): Boffi mi disse là, che chiamò Bruno quando gli parve d'avermi riconosciuta...

Zia Lena: Sì - e puoi figurarti come corse!

L'Ignota: Perché già qui la dichiarazione di morte era avvenuta, è vero? e con essa, la sua sconfitta nella contesa?

Zia Lena: No! Dio mio, che pensi?

L'Ignota: Ho ragione, credi, Lena - ho ragione, ora, di pensare così!

Zia Lena: Ma no! Non credette mai, lui - mai, lui solo - che tu fossi morta!

Zio Salesio: Quest'è vero! Quest'è vero!

Zia Lena: Corse a riprenderti, figurandosi proprio quelle stesse cose che tu hai dette, per spiegarsi le ragioni per cui non eri voluta più ritornare.

L'Ignota: (*alzandosi, nervosissima*): Sai dove mi trovò? Dovevo accompagnare a una clinica, di notte, con la figlia, uno che aveva tentato d'uccidersi -

Zia Lena: - per te? -

L'Ignota: - Sì -

Zia Lena: - oh Dio! un pazzo? -

L'Ignota: - non mi voleva lasciare... (*scrive ancora*)... - Sulla porta, mentre seguivo i portantini con la barella - me lo vedo davanti -

Zio Salesio: Bruno?

L'Ignota: Bruno, Bruno, sì. - Boffi era andato a prenderlo all'albergo e mi voleva trattenere. Gli gridai in faccia: «Pazzo!» - e che mi lasciasse andare, perché io non avevo marito, non ne avevo mai avuto, e non conoscevo affatto quel signore che mi aveva portato davanti!

Zio Salesio: E lui, Bruno?

L'Ignota: Me n'andai, dietro quel ferito, senza dar tempo di rispondere. Ritornata dopo due ore, li trovai ancora lì tutt'e due. Boffi, certo, doveva avergli detto che io...

a Lena:

- tu capisci, alle prese là con quel pazzo che aveva l'arma in tasca e m'aveva già minacciata - pur di liberarmi, per trovare uno scampo... sì, m'ero arresa... m'ero arresa ad ammettere qualche cosa ... che so? - che lo conoscevo... che mi ricordavo di Filippo il giardiniere ... che m'ero trovata sola nella villa... - Nel ritrovarmeli, ora, lì davanti - sicura che avevano parlato tra loro di queste mie ammissioni - negai tutto! negai tutto! dissi perché poc'anzi, forzata, l'avevo fatto; ma che non era vero niente; io non lo conoscevo affatto - non conoscevo nessuno dei due - e che dunque se n'andassero, se ne andassero, smettendo quell'insulsa commedia in cui Boffi s'ostinava - d'avermi riconosciuta -

Zio Salesio: - ma anche Bruno, subito, riconosciuta! -

L'Ignota: - no! che! lui no! -

Zio Salesio (*stupito*): - no? -

L'Ignota: - per questo ora dico! - No! - Me n'accorsi bene! - Lì sulla porta, quando me lo vidi davanti la prima volta - non trovò certo quella rassomiglianza che Boffi gli aveva assicurata; dovette provare anzi una disillusione: me n'accorsi bene!

A Lena:

Tu sai com'è... - a prima giunta, cogli una rassomiglianza - dillo a un altro - quello guarda, e non gli pare come a te - non abbiamo tutti gli stessi occhi!

Quasi tra sé.-

Ecco: e allora, perché - mi domando - perché, se non gli parve così subito:

Poi, agli altri:

Sì, una somiglianza doveva esserci; era innegabile e l'ammisi, non potendo farne a meno; ammisi anche che ero veneta; ma non di qua, non di qua; dissi anche di dove... Tanto dissi, tanto feci, che alla fine riuscii a persuadere l'uno e l'altro che si trattava proprio soltanto d'una rassomiglianza, anche forte, e non solo d'aspetto, anche di casi; ma di nient'altro più; e insomma che non ero io, non ero io, quella ch'egli andava cercando. - Più di così, che potevo fare? - Se non che... fu allora... io non so...

Zia Lena: Che ti pentisti?

L'Ignota: No! - Lo stato in cui mi trovavo...

Quasi tra sé:

- Non dev'essere ora per lui una scusa! Non se ne deve approfittare! Se se n'è approfittato, per i suoi interessi...

Zia Lena: Ma no, perché ti tormenti così? che vuoi dire?

L'Ignota: (*abbattendosi*): Stanca, ah Lena, ero così stanca... e disperata, disperata come non m'ero mai sentita tanto finora... perduta, finita.. con la nausea di quella vita, da non poterne più... senza più sapere dove andare, che fare... in quella notte tremenda che mi pareva tenesse la vita come sospesa in un abisso d'angoscia...

Zia Lena: (*commossa*): Povera figlia mia!

L'Ignota: ... egli si mise a parlare della sua Cia... com'era... che cosa era stata per lui, nell'anno che l'aveva avuta... con una pena così sconsolata, che, a sentirlo parlare... ora lì così solo... sconsolata com'ero anch'io, senza più una speranza di bene... mi misi a piangere, a piangere ... non pensando che le mie lagrime... lagrime per me, per la mia desolazione ... potevano essere interpretate da lui come un segno, invece, che mi fossi pentita d'aver tanto negato... - il mio corpo era lì, come una prova anch'esso ch'io fossi la sua Cia... - glielo lasciai abbracciare, serrare, serrare al petto fino a togliermi il respiro... Ma non lo feci per altro, io... e sono venuta qua con lui, soltanto per questo -facendoglielo bene intendere e promettere - che doveva essere solo per questo... che sarei venuta qua come da una morte - solo per lui - solo per lui!

Zia Lena: - Sì, sì - tagliata, finita, la tua vita di prima - te lo lessi così bene negli occhi, appena potei rivederti...

L'Ignota: Mi riconoscesti anche tu, subito?

Zia Lena: No, figlia - neanch'io, subito!

L'Ignota: Ah, nemmeno tu?

Zio Salesio: E nemmeno io! Ma si spiega! Dopo tanti anni...

Zia Lena: Ma no, che dici, gli anni? Al contrario! Se ci avessi fatto caso, avrei dovuto anzi provare una sorpresa, per gli anni - pare che per lei non siano passati... No: fu... non so, l'aria, il portamento... e anche la voce, un po'...

L'Ignota: Notasti una differenza nella voce?

Zia Lena: Sì - mi parve...

L'Ignota: Anche Boffi! - Me lo disse dopo... L'unica cosa che notò!

Pausa.)

È strano che lui...

allude a Bruno

- l'avrà certo notato anche lui! - non me l'ha detto...

Quasi tra sé, rialzandosi:

Sto ricollegando adesso tante impressioni...

Zia Lena: Ora faccio il verso a Salesio: cara, si spiega: fuori, tanto tempo, a parlare una lingua diversa... Ma poi l'animo cangiato, sopratutto... Mi dicesti: «Lena ... » - così - con la voce spenta... e io ci sentii... ci sentii proprio la morte in quella tua voce, di tutto ciò ch'era stato... e che in te, di proposito, non c'era più nulla - e che se io t'avessi ricordato una cosa... la cosa in te prima più viva... tu saresti rimasta... ecco, come sei ora... senza volerla più ricordare... senza forse poterla più ricordare...

L'Ignota: (*infatti tutta assorta in sé, non ha badato alle parole di Lena, e ora dice*): Io sto pensando...

Zio Salesio: Non dovresti pensare più a nulla, ormai!

L'Ignota: (*sempre quasi tra sé*): Ecco, sì! Così s'approfittò prima: mi disse che la scusa c'era - e forte - per non vederla...

Zia Lena: Dici Ines?

L'Ignota: No, dico questo doppio giuoco che lui sta facendo. M'ero dapprima assolutamente rifiutata di venire qua, sapendo...

Zia Lena: - ciò che Ines t'aveva fatto?

L'Ignota: Ma no! io ignoravo tutto; e ti sto dicendo che questa, anzi, fia la scusa che trovò, per persuadermi a venire: che non l'avrei veduta - la ragione che avrei avuta davanti a tutti per non vederla, capisci? Ma ecco che ora si serve di ciò che Ines ha fatto - di questa dichiarazione di morte sollecitata da lei - per costringermi, invece, a vederla!

Zia Lena: Devi però pensare che non l'ha mica voluta lui, questa contesa, con tua sorella!

Zio Salesio: Te ne stai qua chiusa da quattro mesi!

L'Ignota: E, forse, calcolato anche questo!

Zia Lena: (*stordita*): Calcolato?

L'Ignota: Ci metterei le mani sul fuoco!

Zio Salesio: Che vuoi dire?

L'Ignota: Che voglio dire?

Si frena.

Perfetto, perfetto, tutto il suo giuoco! Anche questo suo farsi vedere adesso sulle spine!

Zio Salesio: Ma no! ma no! Sei ingiusta, Cia! Te lo dico io!

Zia Lena: Sembri ingiusta anche a me!

L'Ignota: Perché voi non potete sapere!

Zio Salesio: E allora ti dico che non sai neanche tu - scusa - o non vuoi sapere - che ha tutta la ragione di sentirsi così sulle spine... Ha rispettato troppo il tuo sentimento... Devi pur considerare tutta la curiosità che s'è accesa per questa tua riapparizione dopo dieci anni; e tutto... tutto il fermento di questa curiosità in questi quattro mesi di tua clausura... - quel che se ne pensa... quel che se ne dice...

L'Ignota: Me l'immagino... eh - me l'immagino...

A Lena, ammiccando:

I «maligni»?

Zio Salesio: Sì, c'è stata la contesa, dicono; ma non voler poi vedere nemmeno la sorella, i parenti stessi del marito... - dicono.

L'Ignota: Tutto contro di me? E chi sa che altro! eh, chi sa che altro, della mia vita là... Sapranno tutto! Il Boffi...

Zio Salesio: No, ah lui no, lui no - guarda che lui anzi -

Zia Lena: - t'ha sempre difesa, sempre - mi consta!

L'Ignota: Ma dove mi trovò... ciò che facevo... l'avrà pur detto! Più si sarà represso per non dire, e più con gli occhi, coi gesti, con quel suo tic, avrà lasciato intendere, chi sa che cose... Avranno chiesto informazioni... Che ho fatto la ballerina... questo si sa? si dice?

Zia Lena: Infamie!

L'Ignota: No, che infamie, Lena - è vero - è vero - la ballerina... e peggio! Tutto quello che ho fatto tu non te lo puoi neppure immaginare. La ballerina, anzi, titolo d'onore - sì, perché le inventavo io le mie danze, e anche le musiche e i costumi... No: peggio! peggio!

Zia Lena: E... lui, lo sa?

L'Ignota: Bruno? Altroché! Anche di questo «peggio» saranno informati, non è vero? Eh su, zio Salesio, di', di'! Si sa? si dice?

Zio Salesio: Ne dicono tante.

L'Ignota: E diranno anche allora che lui è passato sopra a tutto perché gli servivo qua?

Zia Lena: No! No!

L'Ignota: Zitta tu!

Zia Lena: Chi vuoi che l'abbia mai detto! Nemmeno pensato!

L'Ignota: Io, intanto, lo sto pensando... Di' la verità, zio Salesio - lo dicono?

Zio Salesio: Sì... lo dicono.

L'Ignota: (*a Lena*): Lo vedi?

Zia Lena: Chi l'ha detto?

Zio Salesio: Chi sia, l'ha detto...

L'Ignota: Posso, posso bene figurarmi i sospetti che si fanno sul mio e sul suo conto. Ah, tutto insudiciato, ora, tutto insudiciato da questo intrico sporco d'interessi...

Zia Lena: Non ne ha colpa Bruno...

L'Ignota: Dico, di come appare ora a me, tutto, se posso pensare che lo fece...

Si ode da sinistra, sulla ghiaja del giardino, lo strisciare delle gomme di un'automobile.

Zio Salesio (*riscotendosi*): Ah ecco, saranno loro!

L'Ignota: (*riavendosi d'un tratto, con atteggiamento di sfida*): Sì sì - subito, subito...

Zia Lena: Ma così presto?

Zio Salesio (*guardando nel giardino*): No, è Bruno.

Zia Lena: Eh, mi pareva... Avevano detto per le sei...

Zio Salesio: C'è anche Boffi, c'è anche Boffi.

Zia Lena: Vedi che Bruno l'ha portato?

Pausa tenuta.

L'Ignota: Che fanno?

Zia Lena: Bruno sta a leggere una lettera.

L'Ignota: Una lettera?

Zio Salesio: Sì, gliel'ha data il portiere.

Zia Lena: Oh, e che fa? Boffi riparte con quella lettera...

L'Ignota: No - zio Salesio, corri, richiamalo. Voglio che venga qua!

Zio Salesio (*uscendo nel giardino*): Bruno, Boffi... qua, qua... Sì, anche lei, Boffi... qua!

Entrano Bruno e Boffi, seguiti da zio Salesio. Bruno è sui trentacinque anni. Ha l'aria molto costernata ed è in preda ad un'ansia nervosa che gli scolorisce il viso e lo rende in ogni sguardo, in ogni mossa, inquieto e impaziente.

Bruno: Che vuoi da Boffi, ora? Lascialo andare, per piacere!

Boffi: Buona sera, signora. Sì, è meglio ch'io scappi subito.

Bruno: (*incalzando*): Subito, subito! E impedisci a ogni costo -

L'Ignota: - che cosa?

Boffi: È arrivata un'altra lettera -

L'Ignota: - di lui? ancora?

Boffi: S'approfitta, signora, di non esser morto; e si vendica!

L'Ignota: Ma che dice?

Bruno: (*a Boffi, impaziente*): Va', va', per favore; non perder tempo!

L'Ignota:! (*prima a Boffi*): No, aspetti!

Poi a Bruno:

Voglio sapere. Dammi codesta lettera!

Bruno: Ma non è nulla, la lettera! Fosse soltanto la lettera!

Rivolgendosi a zia Lena e a zio Salesio:

Per piacere, Lena; e anche tu, zio Salesio...

Accenna a entrambi la scala.

Zia Lena: Ah, sì, subito!

Zio Salesio: Andiamo, andiamo...

Via tutti e due, su per la scala.

L'Ignota: Perché? Che c'è?

Bruno: Proprio oggi! Proprio oggi! Diventa una persecuzione inaudita!

L'Ignota: Che ha scritto?

Bruno: Scritto? Altro che scritto! - È partito! - Viene!

L'Ignota: Lui, qua?

Bruno: Qua, qua - e non lui solo!

L'Ignota: Anche la figlia?

Bruno: Ma no, che figlia! - A smascherarti, dice!

L'Ignota: Smascherarmi?

Boffi: Al solito! - Sa, quella minaccia che fece ...

L'Ignota: Quale minaccia? Non ricordo...

Boffi: ... quando disse d'aver letto sui giornali ... ?

L'Ignota: - ah sì - la storia... -

Boffi: - ricorda che parlò d'un suo amico dottore, di Vienna?

Bruno: È andato a Vienna! Scrive da Vienna!

Le mostra la lettera senza dargliela.

Ecco, guarda!

L'Ignota: Andato - a far che?

Bruno: Incredibile! Incredibile!

Boffi: Giuoca l'ultima carta: tutto per tutto!

L'Ignota: Ma che dice insomma in questa lettera?

Bruno: Non te lo sto dicendo? Annunzia per questa sera il suo arrivo qua, con una ricoverata - demente - e il medico che l'accompagna.

L'Ignota: Ah, sì, ora ricordo... E porta quella ricoverata?

Bruno: Sì - dicendo d'aver le prove...

L'Ignota: (*fissandolo*): Prove? - Prove di che?

Bruno: Ma che è quella - che è quella - e non tu!

Boffi: E la porta qua!

Bruno: La porta qua - hai capito, adesso?

L'Ignota: (*impassibile, sempre fissando Bruno*): Qua? - E come fa a portarla?

Bruno: Ha scritto, parecchie volte, a te, a me - forse s'è fatto male a non rispondergli -

L'Ignota: - ma a me non parlò affatto di questa minaccia!

Bruno: Ne parlò a me - e m'invitò anzi ad andare a Vienna a vedere quella ricoverata -

L'Ignota: (*maravigliata e sempre vigile*): - ah sì? -

Bruno: (*irritandosi, nel vedersi così vigilato*): - sì, sì, - e a parlare con questo medico dell'ospizio, suo amico, che ora viene con lui!

L'Ignota: (*sempre fissandolo, come se soltanto il contegno di lui le facesse impressione*): Perché non me n'hai detto nulla?

Bruno: Dovevo dirlo proprio a te, ch'ero stato invitato ad andare a Vienna a vedere un'altra ... ?

Boffi: Rispondergli, per lo meno (anche per dargli del pazzo) dovevi, dovevi!

Bruno: Sapendo che lo faceva per un modo di vendicarsi di lei ... ?

L'Ignota: (*quasi sillabando*): Io t'avrei consigliato d'andare.

Boffi (*subito*): Ecco, vedi? - Glielo consigliai anch'io, signora!

Bruno: (*più che più irritato*): Ma a far che? a vedere una povera scema che ride, svanita, con una faccia ... ?

L'Ignota: Come lo sai?

Boffi: Ha mandato a me il ritratto! Fortuna che non gli è venuta l'idea di rivolgersi all'autorità!

L'Ignota: E lei ha questo ritratto?

Boffi: Sì. Non l'ho qua con me... - Creda, non era da fame alcun caso, nemmeno per ombra... Io stavo per rispondergli... ma lui

indicando Bruno

di fronte all'ingiunzione...

L'Ignota: Che ingiunzione?

Boffi: Contenuta in quella lettera a me...

L'Ignota: Io non so nulla ... Vengo a sapere tutto adesso - Ed ero pure in diritto di sapere! - Ritratto ... ingiunzione... che ingiunzione?

Boffi: Lei capisce, signora - non ricevendo da lui nessuna risposta e certo sospettando che lui, come marito, dopo aver riconosciuto lei, avesse tutto l'interesse a non far venir fuori adesso un'altra - s'è rivolto a me - (e fortuna, ripeto, che ha pensato a me fotografo, mandando quella fotografia - poteva pensare di metterci di mezzo l'autorità) - con l'ingiunzione di mostrare ad altri parenti della scomparsa (se c'erano) quella fotografia, per il riconoscimento; e ancora l'invito che qualcuno di questi parenti andasse...

Bruno: Un accanimento!

Boffi: Siamo rimasti; tanto io che lui, perplessi, naturalmente... Sa, l'invio di questo ritratto è cosa di pochi giorni... Mostrarlo ai parenti? Una parola, con questa storia di mezzo... Fare un viaggio fino a Vienna ... ? Anch'io, sì, propendevo... per troncar subito... là, di presenza...

Bruno: Partire... partire... facile a dirlo... Come? di nascosto?

L'Ignota: Perché, di nascosto?

Bruno: Facendolo sapere a tutti allora? Qua basta un cenno, e si sa tutto! Non si fa altro che guardare a noi e parlare di noi...

L'Ignota: E così... - non dirmi nulla - non rispondere - non muoversi...

Bruno: Ti sto dicendo perché...

L'Ignota: Come lo struzzo che nasconde il capo nella sabbia...

Boffi: Certo, partendo, avresti impedito...

Bruno: Dovevo anche prevedere che partissero loro?

Boffi: No, non dico questo - era imprevedibile! - e poi, così, subito ...

L'Ignota: Ma com'ha potuto ottenere, domando io, che quel medico ... ?

Boffi: Lo dice in questa lettera arrivata ora! Ha denari, si vede, da buttar via. Ha convinto il medico, suo amico. Viaggiano in quattro - lui, il medico, la ricoverata e un'infermiera. - L'ha convinto che qui s'ha tutto l'interesse di non venire a scoprire ... e che la vista dei luoghi... chi sa! potrebbe risvegliare in quella disgraziata ... Il gusto, forse, di poter fare, gratis, un viaggio in Italia...

Bruno: Ma è per vendicarsi!

Boffi: Io dico, il medico! Per lui si sa... non lo fa per altro! Che prove poi possano avere...

Pausa. Restano, per un momento, tutti e tre, incerti, come sospesi . L'Ignota studia Bruno; poi esce a domandargli:

L'Ignota: E tu?

Bruno: Che, io?

L'Ignota: Ti vedo tutto in ansia, sgomento...

Bruno: Ma no... Io voglio...

L'Ignota: Che vuoi?

Bruno: Voglio... voglio... che posso volere ora, così ... ? Dimmelo tu! Mandavo intanto Boffi a informarsi con che corsa potrebbero arrivare...

L'Ignota: Ah - e poi?

Bruno: Sei curiosa! Impedire almeno che sopraggiungano qua, mentre ci saranno quegli altri!

L'Ignota: Impedire... - e a che scopo? Se sono partiti e debbono arrivare, o prima o poi... Ti vedo così...

Bruno: Come mi vedi? Mi vedi in pensiero!

L'Ignota: No, caro: come uno che s'aspetti di vedersi crollare addosso la casa, o mancare il terreno sotto i piedi.

Bruno: Ma ti par niente che piombino qua, in presenza di quelli, con presunte prove, che debbono almeno ritenere in qualche modo attendibili, suppongo, se quel dottore s'è potuto muovere con la ricoverata?

L'Ignota: Ah, ecco dunque: tu temi di queste prove?

Boffi: Ma no, signora! - che quelli si possano approfittare

L'Ignota: - di che? - di queste prove?

Boffi: - ma anche d'un dubbio che potrebbe nascere in loro, sì... di fronte a queste prove

L'Ignota: - che non sia io - ma quella?

Bruno: Ma non perché possa nascere davvero, capisci? no! Per loro convenienza!

L'Ignota: (*ironica*): Ah - che vogliano giocare - tu dici - su questo dubbio, per i loro interessi?

Boffi: Eh già! Lei non crede?

L'Ignota: Ma questo - se l'impedisce oggi - non potrà impedirlo domani. È un giuoco che potranno far sempre, anche se oggi mi riconosceranno. Domani, volendo ammettere di proposito come valide quelle prove... Tu dici per loro convenienza? No! Volendo credere a quella - scusi, Boffi - per loro sarebbe peggio.

Bruno: Come, peggio?

L'Ignota: Ma sì - la riconoscerebbero in base a quelle prove, ammesse come indiscutibili - mentre qua ci sono io, senza prove - io - e basta; che potrebbero, volendo, escludere a prima vista.

Boffi (*nella sua certezza*): Mi par difficile!

L'Ignota: Eh, quando si vuole... Prove, io non ne ho.

Boffi: Ma non ce n'è bisogno!

L'Ignota: Non ce n'è bisogno? Facilissimo, invece, dubitarne, caro Boffi! Guardi, potrei cominciare io a dirle tutte le ragioni che avrei di dubitarne. Io io, di me stessa; vedendo lui così...

Voltandosi, con violento urto di sdegno a Bruno:

Ma pensa che tu - comunque - non perderesti mai nulla!

Bruno: Io? Che dici?

L'Ignota: Intendo, di ciò che più ti preoccupa in questo momento.

Bruno: Ma no! ma no! ma no! mi preoccupa in questo momento lo scandalo che nascerà, inevitabilmente! S'è già dato tanto pretesto a ciarle con la vita che abbiamo fatto qui, quattro mesi appartati...

L'Ignota: Te ne lamenti?

Bruno: No! Ma ora vedi...

Boffi: Quest'è vero!

L'Ignota: Nella peggiore ipotesi, caro, rassicurati: tu - ecco - ti saresti ingannato.

Bruno: Ingannato - ma che dici?

L'Ignota: Che fossi io! - là, come Boffi; e qua, come Lena, come zio Salesio... Vedi che sei in buona compagnia! E non perderesti nulla - perché l'inganno te l'avrei fatto io «con la mia impostura», come verrà ora a sostenere quell'altro!

Ride.

Boffi: Ma sì! Dopo tutto, meglio prenderla a ridere.

L'Ignota: Forse. Ma forse a lui in questo momento riesce difficile - ridere... Perché lo sa bene, lui, che se lo volle fare, e non glielo feci io, l'inganno!

Bruno: Farnetichi? - Ma di che inganno mi parli? Sei pazza? Quale inganno? Che tu sei Cia?

L'Ignota: Cia, sì, - ah, bene assodato questo, ora - stai tranquillo!

Indica il ritratto:

Quella! Eh, più di così?

Ride di nuovo.)

ei mi è testimonio, Boffi, che feci di tutto, io, perché non cadesse vittima d'una possibile, sospettata - e dichiarata, dichiarata - «impostura». - Ma non importa! Eccomi qua. Sono pronta a risponderne. Soltanto per me, però, badiamo! Non più per te, ormai. Eh, perché mi sono ingannata anch'io, sai?

Bruno: Tu? su che?

L'Ignota: Sul tuo conto - sapessi quanto!

Voltandosi a Boffi:

Vada vada, Boffi! - non per correre a un riparo che sarebbe inutile. Io debbo parlare con Bruno. Veda anzi se sarà possibile che sopraggiungano, mentre saranno qua quegli altri - meglio! meglio!

Bruno: Che vorresti fare?

L'Ignota: Lo vedrai!

Bruno: Dovrebbero esser qua a momenti...

L'Ignota: Sono pronta, ti dico. Basteranno tra noi poche parole. Tu forse non potrai intendermi. Non importa! - Non temere, non temere che giochino loro! Non giocheranno! Il gioco lo farò io! lo farò io! Già me ne sento tutta presa! E sarà per tutti - anche per me stessa - un terribile gioco!

A Boffi:

Vada! Vada!

Boffi: Allora, se arrivano, li porto qua?

L'Ignota: Sì sì, li porti qua, li porti qua! Perché è inutile -

Di nuovo a Boffi per, mandarlo via subito:

Vada!

E seguiterà con foga di lucidissima esasperazione, andato via Boffi per la porta che conduce al giardino:

inutile. inutile: debbono aver sempre ragione i fatti! terra terra! Con l'anima ti puoi levare un momento, uscir fuori, su da tutto quello che di più orribile t'aveva potuto far provare la sorte: sì, vola, ricrea in te una vita; quando te ne senti tutta piena - giù - devi scendere, devi scendere, a riurtare nei fatti che te la sconciano, te la pestano, te la insudiciano, te la schiacciano - gl'interessi, gli attriti, le contese... Tu sai bene che ignoravo tutto, ma non importa! Ti voglio dir questo soltanto. Sono stata qua con te quattro mesi.

Lo afferra per un braccio e se lo mette davanti.

- Guardami! Qua negli occhi - dentro! - Non hanno più veduto per me, questi occhi; non sono stati più miei, neppure per vedere me stessa! Sono stati così - così - nei tuoi - sempre - perché nascesse in loro, da questi tuoi, l'aspetto mio stesso, come tu mi vedevi! l'aspetto di tutte le cose, di tutta la vita, come tu la vedevi! - Sono venuta qua; mi sono data tutta a te, tutta; t'ho detto: «Sono qua, sono tua; in me non c'è nulla, più nulla di mio: fammi tu, fammi tu, come tu mi vuoi! - M'hai aspettata per dieci anni? Fai conto che non sia stato nulla! Eccomi di nuovo a te; ma non per me più, non per tutto ciò che quella può aver passato nella sua vita; no, no; nessun ricordo più, dei suoi, nessuno: dammi tu i tuoi, i tuoi, tutti quelli che tu hai serbati di lei come fu allora per te! Ora ridiventeranno vivi in me, vivi di tutta quella tua vita, di quel tuo amore, di tutte le prime gioje che ti diede! ». E quante volte non t'ho domandato: - «così?... così?» - beandomi della gioja che in te rinasceva dal mio corpo che la sentiva come te!

Bruno: (*com'ebbro*): Cia! Cia!

L'Ignota: (*impedendo l'abbraccio, com'ebbra anche lei, ma dell'orgoglio d'aver saputo crearsi così*): Sì - io, Cia! - io, sono Cia! - io sola! - io! io! - non quella

indica il ritratto:

che fu, e - come - forse non lo seppe nemmeno lei stessa, allora - oggi così, domani come i casi della vita la facevano... Essere? essere è niente! essere è farsi! E io mi sono fatta quella! - Non ne hai compreso nulla, tu!

Bruno: Sì, sì che ho compreso!

L'Ignota: Che hai compreso? Ma se ho sentito, se ho sentito le tue mani cercarmi qua...

indica, senza precisare, un punto del suo corpo un po' più su del fianco:

... io non so... qualche segno che sapevi di dover trovare... Non l'hai trovato? - E per quel segno che non hai più trovato, o per un altro: io non sono Cia, è vero? io non posso esser Cia? - M'è sparito! - ecco - ti dico così: m'è sparito! - Che puoi tu dire in contrario? - Non ho voluto più averlo; e ho fatto di tutto per farlo sparire. Sì, sì! Perché sapevo - m'ero accorta - che anche prima, tu, me lo cercavi - non è vero?

Bruno: Sì!

L'Ignota: Vedi? Ecco! E per impedire che altri me lo potesse trovare, lo feci sparire! Ma tu ora ti spaventi al pensiero che Ines, da sorella, in confidenza, e anche la Lena che porta gli occhiali, me lo vogliano ritrovare, questo segno, per una constatazione legale in piena regola; e che non vogliano credere a ciò che t'ho detto. - «Ah! Sparito? È grave! Un tal segno! Come sparito?» - Si vorrà interpellare la scienza! - Tanto più, signori miei, che forse questa povera ricoverata che ora arriverà - eh, tutto è possibile! - potrà anche darsi che ce l'abbia davvero, lei quel segno! Lei sì, e io no! - Sarebbe il colmo! La più schiacciante delle prove! Povero Bruno, povero Bruno, così preoccupato di queste prove e documenti che potranno essere presentati! - Rasserénati! Io sono Cia - nuova! - Tu vuoi tante cose! Io non ho voluto nulla, venendo - nulla - nemmeno vivere per me - respirare quest'aria, per me - toccare una cosa col senso che m'appartenesse! A te che per dieci anni credevo avessi aspettato innamorato la tua donna, te l'ho ridata viva - sì, per rivivere anch'io - dopo tanta nausea e tanta ignominia - una vita pura! Ed è così vero questo, che in faccia a tutti, contro ogni prova, e anche contro te, sì, contro te, se sarai costretto a disconoscermi per salvare i tuoi interessi - in faccia a tutti avrò il coraggio di gridare che Cia sono io - io - perché quella

indica il ritratto

non può più essere viva così - altro che in me!

Si ode di nuovo lo strisciare delle ruote gommate di un'automobile sulla ghiaja del giardino.

Bruno: (*con ansia di sgomento*): Eccoli qua! Eccoli qua! Sono arrivati...

L'Ignota: Lascia fare a me! - Ricevili tu! Non posso più ora presentarmi così! Ridiscendo subito.

S'avvia di fretta per la scala; ne sale i primi scalini.

Bruno: (*quasi supplice*): Cia...

L'Ignota: (*fermandosi, voltandosi, placidissima e col tono con cui s'afferma una cosa ormai indiscutibile*): Sì - eh - Cia.

Tela

ATTO TERZO

La stessa scena dell'atto precedente, una ventina di minuti dopo. È quasi sera. La sala è invasa da una luce violacea, di tramonto già spento, che entra dalla loggia aperta, da cui ora il paesaggio s'intravede più che mai tranquillo, coi lumi tenui, aggruppati, di qualche villaggio lontano, e altri lumi sparsi nella campagna qua e là.

Sono in scena Ines, Barbara, zio Salesio, Bruno, Silvio Másperi. Ines, benché sorella minore di Cia, mostrerà più anni di quanti ne mostri l'Ignota. Veste con eleganza; ha il cappello in capo. Ciò che le spetta, lo ha. Una bella donna è. Un marito, ce l'ha. Una buona reputazione, ce l'ha. Una bella casa, ce l'ha. Non desidera nulla e non parla male di nessuno perché solo gl'invidiosi sparlano, e lei non ha niente da invidiare a nessuno. Ciò che ha fatto, l'ha fatto perché era giusto lo facesse. Non contro la sorella. Dio sa quanto la pianse la sorella sua disgraziata, prima per ciò che le avvenne e poi credendola morta. Ma, avendo in casa una figlia, e ritenendosi ormai l'unica nipote di quel povero zio Salesio, che s'era spogliato della villa e delle terre, non certo per lasciarle godere a un estraneo, dovette - anche per la buona vecchiaia di zio Salesio - far valere i diritti per il loro riacquisto. Morta Cia, dovevano rientrare in famiglia.

Barbara è una vecchia zitella, atticciata, di quaranta anni, con un testone di capelli così, neri, quasi metallici, un po' brizzolati qua e là; e l'aria cupa e scontrosa di chi sta sempre intozzata su di sé. Quando proferisce qualche parola, dà l'impressione che si spiccichi tutta. Gli occhi che sfuggono sempre lo sguardo altrui, palesano chiaramente ch'ella sente in sé, chi sa in che modo feroce, il segreto, tremendo tormento d'esser nata donna e brutta.

Il Másperi - peccato che il labbro superiore - non si sa come - pare gli si sia rattratto e seccato sotto il naso e sui denti davanti, grossi, ma curatissimi; sarebbe, senza questo, un bell'uomo, prestante, di maniere distinte, con una carnagione che, Dio mio, si direbbe imbellettato. Porta le lenti che, parlando, si rialza spesso sul naso, con due dita. Vuol essere compito; ma al mondo, bisogna saperci anche stare; e le cose saperle fare. Lui le ha sapute sempre fare. Coi guanti, coi guanti! Ma le mani, dentro i guanti, ben ferme e sode.

Ora non sa più come nascondere il malumore e frenar l'impazienza per lo sgarbo che sta ricevendo con la moglie. Guarda tutti gli altri, che son come freddati nell'attesa che si protrae da quasi mezz'ora. l'Ignota, dopo aver detto che sarebbe ridiscesa subito, non è ancora ridiscesa.

Questa mezz'ora d'attesa pare quasi quasi più lunga, ormai, dei quattro mesi che ha fatto passare prima di accordar quella visita, che avrebbe dovuto avvenir subito.

Questa protratta attesa deve far quadro, al levarsi della tela. Alla fine discende dalla scala la zia Lena.

Bruno: Che fa, insomma? T'ha detto che scende?

Zia Lena: Sì, ha detto «Vengo» - ma... -

Bruno: - ma? -

Zia Lena: - ... era lì tra i suoi abiti... ha aperto i bauli ...

Bruno: (*stordito*): - i bauli? -

Zia Lena: - forse per cercare... o per riporre, io non so ...

Pausa.

Ines: Non vorrà... dico, partire?

Bruno: Ma no, che partire!

A Lena:

Non le hai chiesto perché?

Poi, agli altri:

Sì, disse che voleva cambiarsi...

Zia Lena: E s'è cambiata! (Stava così bene com'era!)

Bruno: E allora?

Zia Lena: Che vuoi che ti dica! È tutta accesa in volto... nervosa... M'ha quasi spinto fuori dell'uscio: «Va' giù, va' giù! Di' che ora vengo ... ».

Zio Salesio: E dunque verrà!

Pausa.

Barbara (*appressandosi alla loggia*): Come si vede bene di qua tutta la campagna... quei lumi...

Masperi (*andando a guardare anche lui*): Sì, la serata è poi così tranquilla... Mah...

Pausa.

Bruno: (*a Lena, piano*): Com'era?

Zia Lena: Giurerei che ha pianto...

Zio Salesio: Certo è molto turbata! - Si spiega: l'idea di rivedere...

Màsperi: Eh no, - eh no - chiedo scusa, quand'è così - l'idea di rivedere, no! - tranne che il mal'animo non l'abbia lei, contro la sorella.

Zia Lena: Non contro la sorella! Chi ti dice che c'entri la sorella? Dài retta alle spiegazioni di Salesio?

A zio Salesio:

Lo dovresti pur sapere - mi pare - contro chi... Ha parlato chiaro con me e con te!

Bruno: (*pigiando sulle parole*): Ce l'ha con me.

Masperi: Ah - se è cosa tra voi...

52

Barbara: Già, ma - noi stiamo qua ad aspettare, ormai da un quarto d'ora...

Pausa.

Ines: Mal'animo non dovrebbe più averne...

Zia Lena: (*a Ines*): Ma che mal'animo, se ha detto perfino che è giusto ciò che tu hai fatto - che vuoi di più? - e che sarebbe felice se tutto, qua, fosse ritornato a lui

indica zio Salesio

perché lui potesse ancora disporne e darlo a te!

A zio Salesio:

Non ha detto così?

Zio Salesio: Così! Così!

Zia Lena: E dunque!

Ines: Ma no! Questo... Che c'entra ora darlo a me?

Zia Lena: È per dire, adesso, qual è il suo sentimento!

Zio Salesio: Proprio così! Giusto - ha detto - che tu, dopo dieci anni ...

Ines: Non lo feci nemmeno per me - lo sai, zio, ma per te - e poi, sì ... perché ho una figlia...

Màsperi: Avrà compreso che noi, propriamente, non si è voluto far nulla contro di lei...

Bruno: (*spiccando bene le parole*): Ciò che pare non voglia comprendere è soltanto quello che avete fatto voi contro di me.

Màsperi: (*mettendo le mani avanti*): Oh - non saremo venuti qua - spero - per tornare a discuterne!

Bruno: No, no -

Màsperi: (*vorrebbe seguitare*): Stiamo qua aspettando...

Bruno: (*non gliene lascia il tempo*): E per chiarire, adesso, il suo animo... Anche per me! Dico, per vederci chiaro io stesso.

Con scatto d'ira:

Fosse il tempo di far ghiribizzi! Non so dove vorrei essere io, in questo momento...

A zia Lena e a zio Salesio:

Ha parlato con voi due... Che cos'ha contro di me? - Le è nato il sospetto ... ?

Zia Lena: Sì, è questo - credi - è questo!

Zio Salesio: Ha detto che, se avesse saputo di dover ritrovarsi in mezzo a un contrasto d'interessi...

Màsperi: Ma dove? Finito subito ogni contrasto, col suo ritorno!

Zio Salesio: Gliel'abbiamo detto!

Ines: Io sarei subito corsa -

Barbara: - anch'io - se Bruno -

Màsperi: - eh già - non avesse fatto sapere a tutti -

Ines: - che non voleva veder nessuno - sopratutto me! - Le avrei fatto intendere che mai e poi mai, io... Ma come! Dio solo sa tutte le lacrime che piansi per lei...

Si commuove e nasconde gli occhi nel fazzoletto.

Masperi: Lascia! Lascia! Mi pare che questo l'abbia compreso bene. Dunque, non c'entri tu. Pare che qua, ora, si tratti d'altro, non senti?

Bruno: Io non ho detto che non voleva. Che non poteva - ho detto.

Zia Lena: E non poteva, non poteva davvero! Neanche noi due ha potuto vedere in principio! Signori miei, insomma, bisogna pensare ch'è terribile quello ch'è avvenuto a questa poverina!

Zio Salesio: L'orrore del passato... Ritornare qua... Ha potuto farlo soltanto per amore di lui... Non voleva!

Zia Lena: Forzata!

Bruno si volta a guardarla male, ella aggiunge:

Sì, l'ha detto, forzata!

Pausa.

Barbara (*come spiccicandosi*): E - il sospetto?

La domanda suona strana. E provoca un altro silenzio.

Màsperi: (*vi fa cadere un*): - già... -

Bruno: (*non potendo ormai fare a meno di rispondere*): - che io l'abbia appunto forzata - ecco - a venire, perché qua avevo bisogno di lei, per la competizione con voi. - Veramente non voleva. - E credo appunto che le sia nato, questo sospetto, perché io là, per persuaderla a venire e farle vincere... proprio quest'orrore del passato che dice zio Salesio - non solo - ma più, forse, quello di dover rivedere voi tutti... (eh, cari miei, bisogna pur tener conto della vita che s'era buttata a fare là, dopo l'inferno della sua sciagura; decisa a non ritornare più) - l'idea

a Ines:

sopratutto di te, della sorella che le avrebbe certo richiamato l'immagine della sua vita di prima - tu non sai che orrore le suscitò! - ebbene, le avevo promesso che non avrebbe veduto nessuno... «C'è una scusa, c'è una scusa - le dissi - perché tu non la veda!» Questa, degli interessi. - E lei non le diede altra importanza - credi - a questa questione d'interessi, se non di scusa, appunto, per non vederti. - Ero sicuro che poi, passato il primo momento, calmata, rimessa qua nella sua vita di prima, insomma col tempo, quel ritegno sarebbe riuscita a vincerlo.

Ines: Ma gliel'avrei fatto subito vincere io, assicurandola che...

Bruno: - non era tanto per te - quanto forse per sé - ... - almeno m'è parso... -

A zia Lena, con astio:

Forzata... Ecco, così l'ho forzata... Se questo è forzarla... Non le ho mai fatto nessuna pressione!

Irritandosi sempre più:

Ma, dico, da questa situazione si doveva pur uscire una volta, no? Mi son veduto costretto a cercar di persuaderla, che doveva pur cessare... ciò che finora era stata soltanto una scusa... -

rivolgendosi a zia Lena e a zio Salesio:

tanto più, se lei stessa a voi due - come dite - ha ora manifestato chiaramente che

a Ines:

contro te non ha nulla... Ecco: se ha voluto levar di mezzo lei stessa - così - quella scusa

suda, si agita:

io non so! -

Breve pausa - poi scatta:

Mi secca che in questo momento debba aver l'aria di scusarmi io, in faccia a voi...

Passeggia.

Sospetta di me... come se non fossi rimasto io solo, tra voi tutti, a credere che lei non fosse morta! così sicuro, che non badai perdio! a spendere quello che spesi per rifarle qua tutto! - Mi dite perché lo feci? Non sarei stato un pazzo a farlo, col bel resultato di vedermi levare poi tutto da voi? - E allora, si sa, ci ho messo un certo puntiglio, può essere nata in me una picca, non lo nego! mi pare, dopo tutto, naturale... E son corso, appena saputo, non m'è parso vero... Ho dovuto combattere... difendere (non è un delitto!) i miei interessi, oltre che il mio sentimento. ..

Avverte a questo punto egli stesso che sta parlando come per trovare a se stesso un modo per giustificarsi e non può fare a meno di confessare:

È una cosa... una cosa che veramente sconcerta... quando è nato un sospetto... tutto ciò che prima s'è fatto senza badarci... si resta male a pensare che... davvero ora... alla luce di quel sospetto... possa apparire...

Con ira guardando verso la scala:

Ma che fa, ancora?

Ines: Eh - perché, se non vuole scendere...

Barbara: - mi pare inutile che stiamo qua ancora ad aspettarla!

Zia Lena: Abbiate pazienza! Vorrà prima quietarsi... V'ho detto che...

Bruno: Ma dovrebbe pur pensare, che tra poco, qua... (*Si frena; e, subito, a zia Lena:*) Lena, fammi il piacere, ritorna su e dille a mio nome così, che si ricordi bene dove e perché è andato Boffi. Bisogna che si trovi qui! La si è aspettata già troppo! C'è un limite...

Zia Lena: Vado, vado, sì...

Si avvia alla scala.

Ines: Anche per vedere come sta...

Zia Lena: Sì, sì.

Via su per la scala.

Ines: Perché, se proprio per questa sera non si sentisse...

Barbara: Ecco, noi ce n'andremmo!

Pausa.

Màsperi: Mi dispiace che una questione per noi finita subito, alla notizia del suo arrivo, abbia potuto ora cagionare una questione tra voi due...

Bruno: E c'è altro... c'è altro, per cui... - no, sai? ogni questione tra noi non è forse finita...

Màsperi: Altro? che?

Bruno: Lei

fa cenno su:

lo sa bene che! - E non dovrebbe ora lasciarmi così!

Passeggia ancora; poi dice:

Vi prego di scusarmi... Sono in uno stato d'animo... Ah Dio! Avessi potuto immaginare una cosa simile..: - Non voler stare ai fatti... - facile! Bisogna starci, se avvengono, se si provocano... Debbo anche rispondere di quelli che non ho provocati io?

Si vede ridiscendere la zia Lena.

Ines: Ecco qua Lena di nuovo -

Barbara: - sola!

Bruno: Ebbene? Che ha detto?

Zia Lena: Eh - io non so - dice che è - «proprio per questo» che ancora non scende...

Bruno: Ah sì? proprio per questo?

Zia Lena: Sì.

Bruno: Vuole dunque aspettare...?

Zia Lena: - che prima Boffi ritorni.

Bruno: Ah! t'ha detto così! vuol dunque proprio farmi disperare?

Zia Lena: (*stringendosi nelle spalle*): Che vuoi che ci faccia... Ha detto così...

Bruno: Vado su io! Vado su io!

Corre su per la scala.

Ines (*alzandosi e avvicinandosi a zia Lena*): Ma insomma che avviene? che è successo?

Barbara: Giusto nel momento della nostra visita...

Zio Salesio: No no - ci dev'esser dell'altro, ci dev'esser dell'altro!

Zia Lena: Pare anche a me! -

Màsperi: L'ha accennato lui stesso...

Ines: Ma che altro? Dice che forse non è finita...

Màsperi: Già! La questione... Non so a che abbia voluto alludere...

Zia Lena: Io dico che è per la lettera...

Ines: Lettera?

Zio Salesio: Sì, sì - anch'io! Ne puoi star sicura...

Ines: Che lettera?

Zia Lena: Una certa lettera che hanno ricevuta poc'anzi... pare, di là...

Zio Salesio: Ne han parlato qua a lungo

Zia Lena: Sì - d'un tale... - io non so ... Cose di là...

Zio Salesio: Li ha messi in subbuglio ...

Zia Lena: C'era anche Boffi - e poi l'hanno subito mandato... non so dove... a impedire...

Si vede dalla loggia il lume abbagliante di due riflettori, e s'ode la tromba di un'automobile, e, di nuovo, sulla ghiaja del giardino lo strisciare delle ruote gommate.

Zio Salesio: Ah! Eccolo! Dev'esser lui!

Zia Lena: Bene, bene. E vedrete che adesso scenderà. Ha proprio aspettato lui...

Zio Salesio: Lo disse anche a noi, ti ricordi? che voleva che Boffi fosse presente.

Zia Lena: (*guardando dalla porta del giardino*): Sì, eccolo...

Moto ed espressione di sorpresa.

Ma - oh! non è solo...

Zio Salesio (*guardando anche lui*): Sono in tanti...

Masperi (*c.s.*): O chi sono?

Ines: Ma c'è anche un'inferma?

Zia Lena: Pare...

Barbara: Che vuol dire?

Zio Salesio: La tirano giù...

Màsperi: Sì - l'ajutano a scendere ...

Ines: Oh Dio, ma che cos'è?

Barbara: Che storia è questa?

Zio Salesio: Gente che viene di là ...

Zia Lena: Sì, son forestieri...

Màsperi: Ma guarda...

Ines (*addietrando*): Che spavento!

La luce in questo momento s'è fatta, nella sala, rada, vana, livida.

Entrano prima la Demente sorretta dall'infermiera e dal Dottore, poi Boffi e Salter.

La Demente è grassa, flaccida, con un viso di cera, i capelli scomposti, gli occhi svaniti, immobili, e la bocca atteggiata d'un perpetuo sorriso scemo, largo, vano, che non cessa neppur quando emette qualche suono o balbetta qualche parola, evidentemente senza intendere quel che dice. Il Dottore e l'Infermiera avranno il tipo e l'impostatura caratteristica dei tedeschi. E ora, anche il Salter parrà spiccatamente tedesco.

La demente: Le-na... Le-na...

Proferirà con la bocca larga e piena di fiato, quasi in cadenza, queste due sillabe, che per lei non significano più un nome, ma sono come un verso che sia divenuto abituale.

Zia Lena: (*ne è atterrita*): Oh Dio, ma come?... chiama me?

Ines: Chi è?

Boffi (*ansiosissimo, entrando*): Dov'è Bruno? la signora?

La demente (*ancora*): Le-na...

Zia Lena: (*guardando tutti, sbalordita*): Chiama me!

Salter: Lei è della famiglia? - Si chiama Lena?

Zia Lena: Sì - sono la zia...

Salter (*al Dottore*): Senti? senti? C'è una della famiglia che si chiama Lena! Un'altra prova! Un'altra prova! Ah, ora è certo! è certo! Noi non lo sapevamo!

Màsperi: (*facendosi avanti*): Che è certo?

Boffi: Ma non gli badate! Fa questo verso; l'ha fatto durante tutto il tragitto!

La demente: Le-na

Barbara: Dice proprio Lena però!

Boffi: Ma non chiama nessuno! E ride sempre così...

Poi alludendo a Bruno e all'Ignota:

 Dove sono insomma?

Ines: Oh Dio, sono pazzi?

Màsperi: Che significa? Perché hanno portato qua questa donna?

Boffi (*sempre alludendo a Bruno e a l'Ignota:*): Possibile che se ne stiano su? Chiamateli, per favore!

Salter (*a Boffi indicando gli altri*): Questi signori sono altri parenti?

Boffi: Sì; -

presentando Ines:

questa è la sorella: la signora Ines Màsperi.

Salter: Ah, la sorella? Ma come! C'è anche una sorella? sorella di lei? - E dunque, ecco - subito, subito...

Ines: Chi è il signore?

Boffi: Lo scrittore Carl Salter.

Salter: La guardi dunque subito, signora: eccola!

Ines: Io? che dice? chi?

Boffi: Vuole ostinarsi a credere...

Salter (*a Ines*): Possibile che non le dica nulla?

Ines: No... che? Dio mio... che vuole che mi dica?

Boffi: - che sua sorella è questa!

Màsperi: Che?

Barbara: Questa?

Ines: Cia?

Zia Lena: Dove? Che dice?

Salter: Sì, sì - questa! questa!

Zio Salesio: Sarà pazzo anche lui!

Salter: Io l'ho portata fin qua...

La demente: Le-na...

Salter (*mostrandola, alla voce*): Ecco: non è una prova? Possibile che non paja loro una prova? Chiama Lena!

Il Dottore: Da anni, sempre, chiama Lena!

Salter (*a zia Lena*): - lei! lei! -

Zia Lena: - ma no! non è possibile!

Salter: Non la riconosce? la guardi negli occhi! come non la riconosce?

Zia Lena: Che vuole che riconosca? Chi debbo riconoscere?

Salter: Il mio amico - il dottore che la studia da anni - ha documenti, prove...

Masperi: Che prove? Le mostri!

Barbara: Ma è impossibile!

Màsperi: (*a Barbara*): Lo lasci dire, prego! Noi siamo presi così all'improvviso... Che prove?

Zia Lena: Ma se è su, la nostra Cia!

Salter: La signora che è su, io la conosco bene!

Zio Salesio: Ah, questo è un caso...

Barbara: Incredibile! Incredibile!

Masperi: Lasciamolo dire, signori miei!

A Salter:

Lei conosce ... ?

Salter: La signora su - troppo bene!

Zia Lena: La vuol conoscere meglio di me? Le feci da mamma, io!

Salter (*indicando la Demente*): A questa! A questa!

Zia Lena: Ma che a questa!

Masperi: Se lei crede d'aver prove e documenti ...

Zio Salesio: Ma che dici, prove? ti pare sul serio ... ?

Màsperi: No, dico che c'è il modo... se dicono d'aver prove da far valere...

Boffi (*ironicamente*): Ecco, ecco!

Zio Salesio: Faranno ridere - o piangere di compassione!

Màsperi: - ... Ci sono le autorità competenti!

Boffi: Anche quando si conosca la ragione per cui tutto questo è fatto?

Màsperi: Io non so perché sia fatto!

Boffi: Lo so io, e lo sa Bruno con me, e la signora! Dove sono?

Salter: La parola è vostra: vendetta -

Boffi (*a Màsperi*): - lo sente? -

Salter: - ma la mia è anche punizione!

Màsperi: Io non conosco il signore...

Zio Salesio: O oh! Del resto, importa fino a un certo punto, perché il signore l'abbia fatto. - Fuori, fuori, qua, se ci sono prove, documenti! Perché non vogliamo che tra noi ci possa esser qualcuno che di questa sua vendetta, o punizione, si abbia ora ad approfittare!

Boffi (*a Màsperi*): Previsto - sa?

Màsperi: Che dice lei, previsto? Chi poteva prevedere una cosa simile?

Boffi: No - dico che lei se ne potesse approfittare!

Zio Salesio: Ma non se ne deve approfittare nessuno!

Ines (*sdegnata*): No! chi dice approfittare? Anche tu, zio? No! Non devi dirlo! (*A Salter.*-) Ecco qua: noi tutti - io, che sono la sorella - questa, una zia, - quello, uno zio - e la cognata - e lei, Boffi - tutti - guardiamo questa poverina che lei ha portato, e non la riconosciamo.

Salter: Perché hanno già riconosciuta la signora su?

Ines: No! Io, no!

Salter: Come! lei non l'ha riconosciuta?

Ines: Non l'ho ancora veduta, da che è arrivata. Sono venuta a vederla oggi appunto.

Salter: Non ha voluto prima?

Ines: No, non io - lei...

Salter: Ah, è stata lei? - Chiaro. - Perché non ha potuto, la sorella... Eh, con la sorella... il sangue... Solo a immaginarlo - la guancia su la guancia - contatto insopportabile, anche per lei stessa... Temeva che la signora non avrebbe sentito parlare il sangue. Si provi, signora, si provi ora, e lo sentirà là lei

indica la Demente

parlare, il proprio sangue...

Ines (*inorridita*): Ma no, Dio, non seguiti!

Salter: Se in lei la pietà potesse vincere l'orrore... - E lei, guardi - dieci anni - tutti gli scempii - la guerra - la fame... - Conosco quella che su si dà per lei. Ora, se quella è parsa a loro tanto somigliante, guardino... guardino bene che questa... a volerla ritrovare... sì, sotto i guasti e le alterazioni... ha - ha pure quei tratti...

Ines: Ma no!

Zia Lena: Dove?

Zio Salesio: Che dice?

Salter: Gli occhi, se non fossero così svaniti...

Boffi: Ma neanche per idea - altro taglio! - forse un po' il colore...

Salter: Impazzita da nove anni... Fu trovata con una vecchia casacca d'ussero addosso, tutta stracciata, ma con un segno!

Ines: Che segno?

Zio Salesio: E dove fu trovata?

Salter: A Lintz.

Màsperi: Che segno - quella casacca?

Salter: Del reggimento a cui quell'ussero apparteneva. Il reggimento era stato qua - qua! - proprio qua!

Màsperi: Ah, qua, durante l'invasione?

Boffi: E che prova, questo? Poté averla a Lintz in elemosina, quella casacca, da un ussero che era stato qua durante l'invasione.

La demente: Le-na...

Salter: E chiama Lena! Sentono? Perché? Le è rimasto fisso solo questo nome.

A zia Lena:

Ma lei che dice averle fatto da madre...

Zia Lena: (*con risoluzione improvvisa, vincendo l'orrore, tra l'orrore di tutti, prende con ambo le mani il capo della Demente e chiama*): Cia! - Cia! -Cia! -

La Demente resta impassibile col suo muto riso vano. Tutti la guardano. Nel mentre è scesa dalla scala l'Ignota seguita da Bruno. Nessuno se n'è accorto. Se la trovano lì davanti che s'avanza verso la Demente appena la zia Lena, delusa, se ne stacca; e, cosa strana, dopo quanto è avvenuto, e per il solo fatto che è pur lì quella Demente che nessuno tuttavia ha potuto riconoscere, tutti, anche quelli che fin'ora hanno creduto in lei, la zia Lena, lo zio Salesio, lo stesso Boffi, restano a mirarla perplessi e dubitosi.

L'Ignota: (*nel silenzio, mentre così tutti la guardano, dice a Bruno*): Pròvati a chiamarla anche tu.

Salter: Ah, eccola!

L'Ignota: (*subito, altera*): Eccomi.

Ines (*nella perplessità, ma come se sentisse di doverla vincere*): Cia...

L'Ignota: Aspetta. Fate luce. Qua ci si vede appena.

Zio Salesio va presso la porta a girare la chiavetta della luce. La scena s'illumina.

Ines (*guardandola alla luce, dopo un momento ancora d'esitazione, ripete*): Cia...

Salter (*a cui, di fronte all'altera sicurezza dell'Ignota e a questo ripetuto appello di Ines avviene l'inverso di quanto è avvenuto agli altri - cioè di dubitare ora di se stesso, dice, rivolto a Ines*): Lei crede veramente ... ?

L'Ignota: (*a Salter*): Ho trattenuto su lui

indica Bruno

e mi sono trattenuta io, apposta per dare qua a lei il tempo di fare il suo colpo. Riconosco la sua ferocia. Solo uno come lei poteva esser capace di commettere una simile atrocità: portare qua...

S'appressa alla Demente; con pietosa delicatezza accosta le dita sotto il mento di lei, per contemplarla da vicino nel viso che ride.

La demente (*mentre l'Ignota la contempla, emette ancora, senza cessare dal suo vano riso, il verso abituale*): Le-na...

L'Ignota: Lena ... ?

E si volge dominando il brivido che ne prova, verso la zia Lena.)

Salter (*subito, mostrandola*): Ecco, ecco, vedono? chiama Lena, per lei! s'è voltata a guardarla!

Boffi (*insorgendo*): Ma no! Questo s'è già chiarito!

L'Ignota: Che s'è chiarito?

Zia Lena: Non chiama me...

Boffi: È un verso, signora - un verso che fa sempre...

Salter: A me basta che si sia voltata -

L'Ignota: - per aver la prova, è vero? che Cia non sono io.

Salter: Ha finanche detto: «Pròvati a chiamarla anche tu!».

L'Ignota: Che non mi credesse lei, lo sapevo; ma ho sorpreso qua loro adesso, mentre, così china, lei

indica Lena

chiamava: - «Cia... Cia ... ».

Zia Lena: (*afflitta, per scusarsi*): Ma perché... vedi ... ?

Zio Salesio (*a un tempo, indicando Salter*): - sotto la sua insistenza...

Boffi (*a un tempo anche lui*): -... sentendo quel «Le-na» - «Lena»...

L'Ignota: (*dominando le voci simultanee*): Ma sì... ma sì... è naturale... naturale...

A Lena:

E vedo come ora mi guardi...

Zia Lena: (*smarrita*): Come ti guardo ... ?

L'Ignota: (*a zio Salesio*): Anche tu...

Zio Salesio: Io?... no... no...

L'Ignota: E lei stesso, Boffi...

Boffi: Ma niente affatto! - Nessuno l'ha riconosciuta!

Allude alla Demente.

Zio Salesio: Siamo tutti...

Non sa come dire: sorpresi, sopraffatti. Del resto, non gliene lasciano il tempo.

Boffi: E sua sorella stessa, ha potuto vedere che -

L'Ignota: - sì - ha chiamato me, Cia, due volte...

Boffi (*prima a Salter*): Lei ha sentito?

Poi, a Màsperi, con intenzione:

E lei, avrà sentito?

Ines (*sdegnata*): Io le ho detto che nessuno qua si vuole approfittare...

Boffi: No, dico perché, se mai - di questo - potrebbe approfittarsi anche Bruno!

L'Ignota: (*di scatto*): Ah no, lui no! non s'approfitterà di nulla lui! - Del resto, vede? è lì smarrito più di tutti...

Bruno: (*riscotendosi*): Smarrito? Sbalordito dalla tracotanza di questo signore, che ha osato, sì - lui - approfittarsi...

L'Ignota: Sta' sicuro che non s'approfitterà neanche lui

guarda Salter:

né di me né di questa poverina.

Indica la Demente.

Salter: Io ho creduto mio obbligo -

L'Ignota: - portarla qua -

Salter: - sì, per punir lei!

L'Ignota: (*facendoglisi avanti*): Punirmi?

Salter: Sì! Di quello che ha fatto! Io ho rischiato di morire per lei; e proprio in quello stesso momento, lei ha potuto venirsene qua, ingannando altri!

L'Ignota: Io non ho ingannato nessuno!

Salter: Sì, sì, ha ingannato! ingannato!

Bruno: (*facendo per lanciarsi*): Si provi ad asserirlo un'altra volta...

L'Ignota: (*subito fermandolo*): No - calma, calma, tu!

Boffi: Pròvoca!

L'Ignota: Basto io!

E volgendosi subito a Salter:

Con la mia «impostura», è vero? - Ne ha dato le prove? - Come? così? - con questa cosa atroce che ha osato fare? - E lei

rivolgendosi al Dottore:

è il medico che s'è prestato?

Il Dottore: Prestato, sì - tanto più, che s'è avuto motivo di supporre... -

L'Ignota: - ah sì - questo è vero! - che qua s'avesse interesse a non far nascere un dubbio, magari anche interessato... - V'assicuro che sono contenta che ci siate riusciti: il dubbio, difatti, è nato.

Zia Lena: Ma no!

Boffi (*a un tempo*): Quando?

Zio Salesio (*c.s.*). In chi? No!

L'Ignota: (*quasi gridando*): Ne sono contenta!

Poi con altro tono:

Dite di no... vi ho sorpresi...

Zio Salesio: Ma se non l'abbiamo riconosciuta!

L'Ignota: Non importa!

Boffi: Stia sicura, signora! Scommetto che non lo crede nemmeno lui stesso!

L'Ignota: Non importa!

Poi, andando lentamente avanti a Salter:

Veda un po' di che specie curiosa deve essere questa mia «impostura», se io, proprio io, ho fatto notare come tutti, appena scesa, m'avete guardata! - E badi, Boffi, che solo per farsi forte contro il dubbio che le è sorto... -

Boffi: - le giuro che in me non è sorto alcun dubbio! -

L'Ignota: - (è sorto - è sorto) - e per confortarsi, ha osservato, e m'ha fatto osservare - che lei

indica Ines

m'ha chiamata Cia due volte... -

Boffi: - ma no! perché è vero! - Scusi, che dubbio vuole che mi sia sorto per ... ?

Indica la Demente.

L'Ignota: - no - per me! - per me! - anche senza che abbiate potuto riconoscere lei. Il più naturale dei dubbi - appena vi sono apparsa d'improvviso... smarriti come eravate... E lui

indica Salter

ha avuto subito il dubbio opposto - sì, sentendomi chiamar Cia da chi ancora - prima - non m'aveva veduta. Ma naturale... naturale...

A Lena che piange in silenzio:

Non piangere adesso! - Qualunque certezza può vacillare, appena il minimo dubbio sorge e non ci fa credere più come prima!

Salter: Ammette lei stessa, dunque, che può non essere Cia?

L'Ignota: Ammetto ben altro! Ammetto che Cia può anche essere questa

indica la Demente

- se loro volessero crederlo!

Zio Salesio: Ma noi non lo crediamo!

Salter (*subito, indicando prima l'Ignota e poi la Demente*): Eh, perché lei somiglia, e quella no!

L'Ignota: Ah no! questo no! Non perché somiglio! Io stessa - proprio io - ho detto anzi a tutti che non è prova - nessuna prova - la mia somiglianza - questa somiglianza per cui tutti avete creduto di conoscermi. Gridai proprio: «Ma com'è possibile - ci pensate? - una, a cui sia passata sopra la guerra - dopo dieci anni - rimanere così - la stessa?» - Sarebbe, se mai - al contrario - una prova che non sono io!

Masperi (*Colpito, con scatto spontaneo*): Eh già! Questo...

L'Ignota: (*subito, rivolta a lui*): Non è vero? - Una prova che non posso essere io!

Di nuovo, a Salter:

Vede? C'è chi lo pensa soltanto ora...

Bruno: Mi pare che tu stia facendo di tutto...

L'Ignota: Ma se ne convenisti anche tu!

Bruno: Io?

L'Ignota: Tu! tu!

Bruno: Quando? che dici?

L'Ignota: Quando te lo dissi là, - e ne restò scosso anche lei, Boffi! - Per forza! - Soltanto se si crede - o quando faccia comodo credere - una cosa tanto chiara non si pensa - o non si vuol pensare: che essere così, la stessa, è anzi una prova contraria - e che dunque - perché no? - Cia può esser proprio - invece - questa disgraziata, appunto perché non somiglia più affatto.

Bruno: Questo è un gusto malvagio!

L'Ignota: T'ho detto ch'io debbo rispondere a lui

indica Salter

della mia impostura!

Bruno: Come? così? facendo tu stessa dubitare di te?

L'Ignota: Così! così! - Perché voglio che tutti - sì - dubitino di me - come lui - per prendermi almeno questa soddisfazione di restare io sola a credere a me!

Accennando alla Demente:

Non l'avete riconosciuta... Forse perché irriconoscibile? Perché, a guardarla, non vi sembra? Perché non v'hanno portato prove sufficienti? - No! no! - E solo perché non vi pare ancora che ci possiate credere! Ecco tutto! - Più d'un disgraziato, dopo anni, è ritornato così

indica la Demente

- quasi senza più aspetto - irriconoscibile - senza più memoria - e sorelle, mogli, madri - madri - se lo son disputato! «È mio! » «No, è mio! » - Non perché sembrasse loro, no! (non può sembrare uguale il figlio dell'una a quello di un'altra!) - ma perché lo han creduto! lo han voluto credere! - E non c'è prove contrarie che tengano, quando si vuol credere! - Non è lui? - E per quella madre sì, è lui! Che importa che non sia, se quella madre se lo tiene e con tutto il suo amore lo fa suo? - Contro ogni prova, lo crede. Senza una prova, lo crede. - Me, forse, senza prove, non m'avete creduta?

Boffi: Ma perché è lei, e non c'è bisogno di prove!

L'Ignota: Non è vero!

Voltandosi subito a Bruno che fa un atto di protesta:

Sta' tranquillo, caro, che non è contro i tuoi interessi - anzi! - se mi provo a dimostrare che veramente, veramente Cia può essere questa

indica la Demente.

- Si sono fatti tanti sospetti, scusate! Me l'ha detto lui

indica zio Salesio

perché me ne sono stata qua chiusa quattro mesi senza voler vedere nessuno...

Bruno: Ma tutti ne han capita la ragione!

L'Ignota: (*ammiccando a zia Lena*): Tranne i «maligni» eh?

Poi a Bruno:

Il male è che lo affermi tu...

A Màsperi

Ecco, lei che già lavora (si vede) -

Masperi (*sorpreso*): Ma no... io... -

L'Ignota: - come no? si vede così bene... - su quanto ho finito or ora di dire! Vada avanti, vada avanti, un po' più a fondo! Ci vuol tanto a sospettare... che so? - che qualcuna, approfittando appunto d'una rassomiglianza, che per esempio faceva comodo ad altri avere riscontrata in lei -

Bruno: (*masticando e sottolineando*): - comodo - a me...

L'Ignota: (*subito*): Cos'è? S'è fatto questo sospetto?

Bruno: L'hai fatto tu!

L'Ignota: Precisamente!

Poi, appressandosi a Màsperi:

- Ebbene, dico, ci vuol tanto a sospettare che io me ne sia stata qua, prendendomi comodamente tutto il tempo -

ammicca a zio Salesio:

quattro mesi! - per prepararmi a farmi quella -

indica il ritratto

- prima, dicendo di non poter soffrire la vista di nessuno

a Salter, ammiccando:

- e per fortuna, sa? la scusa c'era -comodissima per lui

69

indica Bruno.

Bruno: (*subito ai parenti*): Ecco, ve l'ho detto?

L'Ignota: L'avrai detto - ma vedi che ora prestano ascolto a me!

A Saltèr:

- una contesa qua d'interessi, fra loro!

A Ines e a Màsperi:

Si può fingere bene in principio di non voler più avere in sé nessun ricordo (e guaj a Lena e a zio Salesio, infatti, se accennavano a voler richiamarne qualcuno). - E si può anche fingere d'averti totalmente perduti; ma intanto eh? a poco a poco, fabbricarseli. -

S'appressa a Boffi:

Gli ci volle, a lui,

indica Bruno

il tempo necessario per rimettere in piedi la villa in rovina, le terre devastate? Ebbene, il tempo anche a me per ricostruirmi, pietra su pietra, come la villa; e la pietà dei ricordi della povera Cia, trapiantati in me il tempo di riallevarli per farli rifiorire in vita -

va lentamente verso Ines con le braccia protese:

fino al punto di poter ricevere alla fine convenientemente anche una sorella -

le prende le mani:

così da poterle parlare, per esempio, di quando s'era piccole insieme, e di quando si scherzava, benché orfane tutte e due, allevate dagli zii... Farmi - farmi - ridurmi insomma fino a parere «scesa da quel ritratto lì», - come disse zio Salesio - copiato anche nell'abito -

Ines: - copiato? -

L'Ignota: - sì - m'ero vestita poc'anzi per ricevere voi - proprio come in quel ritratto,

a Lena:

non è vero? - e sono andata su a cambiarmi, perché veramente mi è parso troppo...

Movimento negli altri, d'imbarazzo, di dubbio, di costernazione.

Eh? - sì? - vi nasce alla fine questo sospetto? se ancora non l'avete fatto...

Masperi (*quasi inorridito*): Ah no - mai!

Ines: A chi poteva venire in mente ... ?

Barbara: ... una cosa simile?

L'Ignota: (*indicando Bruno*): A lui - a lui è venuta in mente - una cosa simile...

Bruno: A me?

L'Ignota: Sì - e ora hai il terrore che questo sospetto - che si può fare - che io stessa ho fatto - si scopra verità.

Bruno: Ma che verità! Voi potreste crederla?

L'Ignota: La credono! la credono! Perché è - è la verità - la verità dei fatti! Proprio l'«impostura» a cui crede lui.

indica Salter

Boffi: Ma che dice, signora!

Zio Salesio: Com'è possibile?

Bruno: Questa è una vendetta contro di me, più feroce di quella di lui! (*Indica Salter.*)

L'Ignota: Non mia, non mia! Si vendicano i fatti, caro, si vendicano i fatti! Ci sei voluto venire, chiamando loro qua? Io non posso accettare nel fatto il loro riconoscimento! Dovevi riconoscermi tu soltanto, d i s i n t e r e s s a t a m e n t e ! - Non sono mica venuta qua per una dote da difendere! Sarebbe davvero un inganno, questo, che non ho pensato di fare; che non posso fare! Davvero sì, allora, la «impostura» che lui dice. Se ti serve - guarda - perché non ti paja una vendetta - ora tu crédici! - davanti ai fatti, crédici!

Bruno: A che debbo credere?

L'Ignota: A questa mia impostura! Che vuoi che ti dica di più?

Bruno: (*esasperato, facendosele incontro*): Tu lo fai per mettermi alla prova! Tu stai facendo tutto questo per mettermi alla prova!

L'Ignota: No! No! Davvero!

Bruno: Sì, è per questo! è per questo!

L'Ignota: Guarda se, piuttosto, non è una nuova manovra, la tua...

Bruno: Che manovra?

L'Ignota: Dare a intendere che io lo stia facendo per questo!

Bruno: No!

L'Ignota: No? e allora, crédici! E dico veramente che - nel fatto - ci potete credere tutti - sì, sì - credere a lui

indica Salter:

e dargli ragione - ragione in tutto! - anche per questa poveretta, sì - che possa essere lei - Cia - veramente! Guardatela!

S'accosta di più alla Demente e di nuovo con pietosa delicatezza le pone le dita sotto il mento.

La demente (*appena toccata, ripete*): Le-na...

L'Ignota: (*a zia Lena*): Lena - senti? - Chiama proprio te! Perché non vuoi crederlo?

La demente: Le-na...

L'Ignota: Ecco: te - davvero! - Io non t'ho voluta vedere - io t'ho fatta andar via di qua per più d'un mese - appena t'ho vista, non t'ho saputo dir nulla - questa viene, chiamando Lena - ha chiamato sempre Lena, Lena - e tu non le vuoi credere? Perché non t'ha risposto? E come volevi che ti rispondesse? Non vedi?

Contempla con infinita tristezza la Demente:

- Se può chiamar Lena così... con questo riso... nessuna voce potrà raggiungerla più!

Parlando a lei:

Chiami, chi sa da qual momento lontano ... felice... della tua vita, a cui sei rimasta sospesa... là... Non vedi più altro ... Nessuno ti può dare più nulla... La pietà?... che ti giova? Le cure che gli altri si possono prendere di te? - Ora - eh, beata in questo tuo riso - sei salva tu - immune...

A Salter:

A chi l'ha portata lei qua?

A Lena che, quasi pentita, attratta istintivamente dalla commozione, s'è appressata:

Ah! ti sei appressata?

Zia Lena: (*quasi senza voce, sbigottita*): No... no. -

L'Ignota: (dolcemente): Sì, sta' qua, sta' qua... Forse anche la sorella... Mentre io dico a lui

indica Salter e gli si accosta:

un'altra cosa.

Fissandolo:

Lei, oltre che un cattivo uomo, dev'essere un cattivo scrittore.

Salter: Io? - può darsi - perché?

L'Ignota: Dev'essere solo impostura - per lei - e nient'altro - tutto quello che scrive.

Salter: Ah, la mia ... ?

L'Ignota: - la sua letteratura. Non ci deve aver messo mai nulla - né cuore - né sangue - né fremito di nervi - di sensi...

Salter: Nulla?

L'Ignota: Nulla. E non le dev'esser mai nato da un tormento vero, da una disperazione vera, il bisogno di vendicarsi della vita, della vita com'è - come gli altri, i casi gliel'hanno fatta - creandone un'altra migliore, più bella, come avrebbe dovuto essere, come avrebbe voluto averla! - E perché è così lei, perché m'ha conosciuto (tre mesi ...) com'ho potuto essere con lei, la mia è anch'essa una simile impostura?

Salter: Lei ci ha messo cuore ... ?

L'Ignota: Mi dice perché altrimenti l'avrei fatto?

Salter: Per liberarsi di me.

L'Ignota: Potevo liberanni di lei, senz'ingannare un altro.

Salter: Sta finendo di confessare, mi sembra, che ha ingannato.

L'Ignota: Ah bene! Le sembra che io abbia ingannato?

Salter: Può avere avuto il suo fine, ora, a confessare, forzata...

L'Ignota: Che fine?

Salter: Qualche interesse...

L'Ignota: Anche? Si vede che lei giuoca, scrivendo, solo per guadagnare. Vuol vedere come si giuoca gratis? Giuoco soltanto per lei. Non se ne deve approfittare nessuno! La mia impostura? Secondo come si cade, signor Salter, sotto le sventure! Guardi: si può cadere cosi

indica la Demente

quando avviene di cadere sotto le mani di un nemico feroce che n'abbia fatto scempio... allora bella... giovane... sorpresa qua sola nella villa... scempio delle carni, con tutte le ignominie che lei sa, e strazio dell'anima, fino a farla impazzire e ridurla così, da renderle impossibile - da sé - il ritorno... - O si può - sì, cadere sempre, certo - ma altrimenti; subire tutte le onte e gli strazii, ugualmente, fino a impazzire, sì - ma anche altrimenti... trovando, per esempio, nella pazzia un estro di vendetta contro la propria sorte... nell'orrore di quanto le è stato fatto, la sensazione d'essere rimasta tutta talmente insudiciata, da provar davvero ribrezzo, raccapriccio al solo pensiero di poter ritornare alla vita di prima... -

Salter (*con feroce richiamo*): - lei sta giocando -

L'Ignota: - aspetti! - io dico alla vita di prima, per esempio qua, a questa villa - dove - ah Dio! fresca come un fiore, e limpida - limpida - a diciott'anni... stretta a lei -

allude a Ines senza voltarsi a guardarla, come se non fosse lì presente e la vedesse nel passato allorché a diciott'anni, accompagnata da lei, andò sposa lì nella villa donata in dote dallo zio. Lentamente, lentamente, mentre seguita a parlare, indietreggia fino a toccarla e dirà le ultime

- forte, forte, senza volerla più lasciare, non perché non amassi lui... ma perché, quella prima notte, non sapendo nulla, le parole di lei che piangeva, ignara come me: «Dicono, sai? che egli ora ti deve vedere»...

Ines (*con scatto di vivissima commozione, abbracciandola*): Cia! Cia!

L'Ignota: (*fermandola convulsa*): No - aspetta! aspetta!

Bruno: (*con gioia trionfante*): Questo non te l'ho detto io!

L'Ignota: (*dopo averlo fissato, gli dice freddamente*): Io potrei farti impazzire. - Non me l'ha detto nessuno.

E subito aggiunge, poiché Bruno, quasi senza volerlo, s'è voltato a guardar Lena:

- No, nemmeno Lena, no! Figurati! Una cosa così intima - (l'ho ricordata apposta) - non poteva avermela detta, nella confidenza tra sorella e sorella, se non chi veramente allora la disse,

a Ines:

non è vero?

Ines: Sì! Sì!

L'Ignota: (*voltandosi subito a Bruno*): Cia, tu, l'hai cercata male! - Le ricostruisti subito la villa; ma non cercasti, non cercasti mai bene, se tra le pietre sparse e lo scompiglio della rovina, qualche cosa di lei, della sua anima fosse rimasta... qualche ricordo veramente vivo - per lei! non per te! - Fortuna che l'ho trovato io!

Bruno: Che intendi dire?

L'Ignota: (*non gli risponde e si rivolge a Salter*): Capisce? e allora, insozzata da non potersi più ripulire, via, col più stupido di quegli ufficiali - (precisamente, precisamente, come là le raccontai) - via, prima a Vienna, per anni, nel trambusto dopo il crollo della guerra... - poi a Berlino... in quell'altro manicomio... Si vede una sera a teatro la Barth... s'impara a danzare... la pazzia s'illumina... applausi... un delirio... non vedi più la ragione di spogliarti di quei veli colorati della pazzia... puoi anche scendere in piazza, andare per le strade con quei veli... nei caffè notturni, dopo le tre, tra i buffoni in marsina... eh, signor Salter? finché non si diventa come diventò lei, lugubre e insopportabile... e finché non càpita una sera tutt'a un tratto, quando meno te l'aspetti,

va verso il Boffi

uno che ti passa vicino, sguisciando come un diavolo, e ti chiama: «Signora Lucia», «Signora Lucia, suo marito è qua a due passi; se vuole, lo chiamo!».

Allontanandosi con le mani sulla faccia:

Ah, Dio, credetti che egli cercasse una che non poteva esserci più! una che soltanto in me comprendesse di potere trovar viva, per rifarsela, non come lei si voleva - (che per sé non si voleva più) ma come lui la voleva!

Scrollandosi per liberarsi da una pazza illusione e andando incontro a Salter:

- Via! via! via! - Lei è venuto a punirmi della mia impostura? Ha ragione! Sa fino a qual punto si voleva farla arrivare, questa impostura? fino a farmi riconoscere da tre persone - mia sorella - mio cognato - mia cognata, sorella di mio marito - che sto vedendo soltanto ora per la prima volta in vita mia!

Ines (*con enorme stupore*): Ma Cia, che dici?

L'Ignota: Com'è vero che non ero stata mai qua, da queste parti, prima che lui mi ci portasse!

Bruno: (*fremente, gridando*): Tu sai bene che non è vero!

L'Ignota: È vero! È vero!

Bruno: Tu lo vuoi far credere! Tu lo stai dicendo...

L'Ignota: Sì - perché mi fa piacere che seguitiate a credermi Cia! - Ma Cia ora se ne va! Ritorna a danzare!

Bruno: Che?

L'Ignota: Me ne parto con lui!

Indica Salter.

Me ne torno a danzare a Berlino! a Berlino!

Bruno: Tu non ti muovi di qua!

L'Ignota: T'ho detto che Cia tu l'hai cercata male! Guarda! caro, che su nel riposto, tu avevi lasciato buttare, senza nemmeno accorgertene, uno stipetto di sandalo, tutto fracassato, con ancora, negli sportelli, attaccato qualche insetto d'argento. Lena m'ha ricordato che quello stipetto Cia lo aveva conservato perché della mamma. Sai che ho trovato in un cassettino di quello stipetto? un piccolo taccuino d'appunti di Cia dov'erano le parole dette da Ines il giorno delle nozze: «Dicono, sai? che egli ora ti deve vedere». - Questo taccuino è mio, e me lo porto con me! Tanto più che, strano!, anche la scrittura pare di mia mano!

Ride; fa per scappare; si ferma per aggiungere:

Un'altra cosa! un'altra cosa! Non ti scordar di far cercare alla sorella se questa poverina ha qua sul fianco... -

Il Dottore: - sì - un neo...

L'Ignota: - rosso? - rilevato? l'ha davvero? -

Il Dottore: - sì - rilevato - ma non rosso - nero - e non propriamente sul fianco... -

L'Ignota: Nel taccuino è detto: «rosso e rilevato - sul fianco - come una coccinella».

A Bruno:

- Vedi? si sarà annerito - si sarà spostato - ma ce l'ha! - Un'altra prova che è lei! - Credete, credete che è lei! - Andiamo, Salter!

A Boffi:

Penserà poi lei, Boffi, a rimandarmi tutto.

A Salter:

Ha fuori la macchina? Vengo via così!

E corre verso la porta.

Salter: Così, così! Andiamo, andiamo.

Tutti e due di furia vanno verso la macchina in giardino.

Il Dottore (*movendosi anche lui con l'infermiera*): Ma no, aspettate! E noi?

Bruno: (*stordito - smarrito - come tutti*): Come? Così?

E via anche lui seguito dagli altri, nel giardino. Si udranno ora di là voci confuse e concitate. Restano in scena soltanto la Demente e la zia Lena, che se ne tiene però discosta - incerta anche lei - sbigottita.

La demente: Le-na...

Zia Lena: (*senza voce, come se non sappia credere*): Cia...

Tela